阿Q 正傳

푸른숲
징검다리
클래식
037

아Q 정전

阿Q 正傳

루쉰 지음
김택규 옮김

푸른숲주니어

| 기획위원의 말 |

'푸른숲 징검다리 클래식'을 펴내며

　어린 시절, 할머니께서 조근조근 들려주시던 옛날이야기는 새로운 세상과 통하는 작은 창이었다. 상상의 날개를 달고 떠나는 창 너머 세상으로의 여행은 들어도 들어도 질리지 않는 재미와 마음속 깊은 곳을 울리는 감동을 선사해 주곤 했다. 그뿐 아니라 우리의 삶을 어떻게 꾸려 가야 하는지 곰곰이 생각해 보게 하는 지혜를 가르쳐 주었다. 말하자면 우리는 그 이야기들을 통해 '삶'을 배운 셈이다.
　우리가 문학 작품을 읽어야 하는 까닭 또한 '삶을 배운다'는 점에서 크게 다르지 않다. 우리는 한 편 한 편의 문학 작품을 만나 사랑을 배우고, 우정을 배우고, 진실을 배우고, 지혜를 배운다.
　그런 점에서 '푸른숲 징검다리 클래식'은 참 의미가 깊다. 오랜 세월을 거치며 각 나라의 문학사에 확고히 자리매김한 작품들을 한데 모았기 때문이다. 문학을 사랑하는 사람들이 즐겨 읽어 세계적인 명저로 일컬어지는 작품들……. 이를테면 우리 부모 세대, 아니 그 이전 세대부터 즐겨 읽었던 작품들로 많은 이들에게 삶의 의미와 가치를 일러주고, 또 '인생'이란 망망대해에서 등대 역할을 담당했던 것들이다.

세월이 흘러 사람들이 사는 모습도 달라지고 생각도 달라졌다. 그러나 시대와 장소를 뛰어넘어 변하지 않는 것이 있다. 바로 '삶'이다. 사람이 있는 곳이라면 어디든지 존재하는 삶은 항상 저마다의 무게를 떠안고 있다. 그 무게는 진실이라는 옷을 입고 문학 작품 속에 영원한 생명을 불어넣는다. 우리는 그것을 '고전'이라 부른다.

그러나 제아무리 훌륭한 고전이라 해도 독자가 읽고 소화할 수 없다면 아무런 소용이 없다. 지나치게 방대한 분량과 길고 어려운 문장은 책을 읽으려는 청소년들의 의지를 꺾을 뿐 아니라 좌절감마저 불러일으킨다.

'푸른숲 징검다리 클래식'은 바로 그러한 점을 염두에 두고 기획된 세계 명작 시리즈이다. 작품이 본디 지닌 맛과 재미를 고스란히 살리면서 우리 청소년들이 읽고 소화하기 쉽게 글을 다듬었다.

그리고 본문 뒤에는 현직 국어 교사들이 직접 쓴 해설을 붙였다. 작가나 작품에 대한 풍부한 설명은 물론, 그 작품들이 지니고 있는 현재적 의미까지 상세하게 짚어 보이고 있다. 아울러 해설 곳곳에 관련 정보를 담은 팁과 시각 자료를 배치해, 읽는 재미를 넘어 보는 재미까지 만끽할 수 있도록 했다.

아무쪼록 '푸른숲 징검다리 클래식'을 통해 우리 청소년들의 삶이 더욱더 깊고 풍성해지기를…….

2006년 4월
기획위원 강혜원·전종옥·송수진

| 차례 |

기획위원의 말　004

제1편　광인 일기 …………………………………… 009
제2편　쿵이지 …………………………………… 029
제3편　약 …………………………………… 039
제4편　고향 …………………………………… 056
제5편　아Q정전 …………………………………… 073

제6편 복을 비는 제사 ·················· 145

제7편 여와가 하늘을 고치다 ·········· 175

제8편 노자가 관문을 떠나다 ·········· 191

《아Q정전》제대로 읽기 **209**

제 1 편
광인 일기

민국 7년 4월 2일. (민국 7년은 서기 1918년이다. 민국은 '중화 민국'의 줄임말로, 1911년에 신해혁명으로 청나라가 무너지고 세워진 공화국을 가리킨다.)

모 씨 형제는, 지금 이름을 밝힐 수는 없지만 중학교 시절에 둘 다 내게 좋은 친구였다. 하지만 여러 해 떨어져 지내다 보니 점차 소식이 끊겼다. 그러다가 우연히 그중 한 명이 큰 병에 걸렸다는 소식을 들었다. 때마침 고향에 가는 길이었기에, 지나가는 참에 그 형제의 집에 들렀다.

뜻밖에도 집에는 형 혼자만 있었다. 병에 걸렸던 사람은 동생이라고 했다. 먼 길을 와 줘서 고맙긴 하지만, 동생은 이미 병이다 나았을뿐더러 관리가 되기 위해 다른 지방에 가 있다고 했다. 그러고는 너털거리고 웃더니, 그 당시 동생의 증상을 알 수 있을 것이라며 일기장 두 권을 건넸다. 오랜 친구이니 내가 보아도 괜찮다는 것이었다.

나는 집으로 돌아와 일기장을 훑어보고는 그가 '피해망상'류의 병을 앓았음을 알게 되었다. 일기장에 적힌 글은 두서가 없고 혼란스러워서 황당하기 이를 데 없었다. 날짜도 적혀 있지 않은 데다 먹의 색깔과 글씨체도 고르지 않았다.

한번에 써 내려간 것은 아닌 듯했다. 간혹 약간씩이나마 연결되는 내용들이 있으니, 그것을 하나로 모아 정리해서 의학자들의 연구 자료로 삼으면 어떨까 싶다. 틀린 문장이 있어도 글자는 단 한 자도 건드리지 않았다. 다만, 사람의 이름은 모두 고쳐 썼다. 세상에 알려지지 않은 시골 사람들이라 별 상관은 없겠지만, 어쨌든 그렇게 했다. 제목은 그가 완쾌하고서 지은 것이라 고치지 않았다.

1

오늘 밤은 달빛이 자못 좋다.

달을 못 본 지 어느덧 삼십여 년. 바야흐로 오늘 달을 보니 기분이 새삼 상쾌하다. 지난 삼십여 년 동안 내가 얼마나 혼란한 상태였는지 이제야 깨달았다. 앞으로도 각별히 조심해야 한다. 자오 씨네 개가 지금도 나를 힐끔거리고 있으니까.

내가 개를 무서워하는 것은 당연하다.

2

오늘은 달빛이 전혀 비치지 않았다. 뭔가 심상치 않은 기운이 느껴졌다. 아니나 다를까, 아침에 조심스레 밖에 나갔는데 자오 구이 영감의 눈빛이 매우 수상쩍어 보였다. 나를 두려워하는 것 같기도 하고 해치려는 것 같기도 했다. 그뿐만이 아니었다. 일고여덟 명이 머리를 맞댄 채 쑥덕거리다가 나를 보고는 헤벌쭉 웃었다. 순간, 머리끝에서 발끝까지 소름이 쫙 끼쳤다. 그들이 음모를 꾸미고 있었다는 걸 한눈에 알아차렸다.

하지만 나는 아무렇지도 않은 척하며 내 갈 길을 갔다. 앞쪽의 꼬마 녀석들도 나를 보며 수군대었다. 눈빛은 자오구이 영감과 똑같았고 얼굴빛은 푸르뎅뎅했다. 나하고 무슨 원수가 졌다고 저러는지 이해가 안 갔다. 나는 더 이상 참지 못하고 대뜸 소리를 질렀다.

"무슨 얘긴지 나한테 직접 해 봐!"

꼬마 녀석들은 후다닥 줄행랑을 놓았다.

나는 자오구이 영감을 비롯한 마을 사람들과 원수질 만한 일이 있었는지 곰곰 생각해 보았다. 딱 한 가지, 마음에 걸리는 일이 있기는 했다. 이십 년 전에 구쥬 선생의 낡은 장부를 무심코 밟아 선생의 심기를 불쾌하게 만든 적이 있었다. 자오구이 영감은 구쥬 선생과 모르는 사이지만 어디선가 그 소문을 듣고 마을 사람들과 한통속이 되어 나를 원수 취급하는 게 틀림없었다.

그렇다면 꼬마 녀석들은? 그 당시에는 태어나지도 않았는데, 어째서 저렇게 이상한 눈초리로 날 쳐다보는 걸까? 그 녀석들은 나를 두려워하는 것 같기도 하고 해치려는 것 같기도 했다. 나는 정말 두려운 데다가 도무지 이해가 되지 않아 가슴이 아프기까지 했다.

옳아, 부모들이 시킨 것이 분명하다!

3

밤에 잠을 이룰 수가 없었다. 모든 일은 연구를 해 봐야 분명하게 알 수 있는 법이다.

마을 사람들 중에는 지현(청나라 때 지방 행정 구역인 현의 책임자—옮긴이)의 명으로 목에 칼을 뒤집어쓴 자도 있고, 양반에게 따귀를 맞은 자도 있고, 아전에게 아내를 빼앗긴 자도 있고, 부모가 빚쟁이에게 몰려 죽은 자도 있었다. 그런 고난 속에서도 그들의 표정은 어제만큼 두려워 보이지도 흉악해 보이지도 않았다.

가장 미심쩍은 건 어제 거리에서 본 여자였다. 그녀는 자기 아들을 때리며 이렇게 소리쳤다.

"이 고얀 녀석, 너를 몇 번이고 물어뜯어야 분이 풀리겠다!"

그런데 그녀의 눈이 나를 바라보고 있었다. 나는 놀란 기색을 감추지 못했다. 검푸른 얼굴에 이가 툭 튀어나온 자들이 왁자지껄하게 웃음을 터뜨렸다. 그때 천라오우가 다가와 나를 집으로 잡아끌고 갔다.

집안사람들은 나를 보고서도 모르는 척했다. 그들의 표정도 다른 사람들과 똑같았다. 내가 서재에 들어가자 바깥에서 얼른 문을 걸어 잠갔다. 마치 오리나 닭을 우리에 가두는 것 같았다. 이 일은 나를 더욱 혼란스럽게 만들었다.

며칠 전에 랑쯔('이리'라는 뜻—옮긴이) 마을에서 소작을 하는 농부가 흉작 소식을 전하러 왔다. 그는 형에게 자기 마을에 사는 흉악한 자가 사람들에게 맞아 죽었다고 말했다. 그리고 마을 사람 몇몇이 그자의 심장과 간을 파내 기름에 볶아 먹고는 배짱이 두둑해졌다는 것이다.

내가 그 얘기에 끼어들자, 형과 농부가 나를 힐끔거렸다. 그들의 눈빛 역시, 저 바깥에 있는 자들과 똑같았다.

동시에 어떤 생각이 내 머리를 스치며 온몸에 소름이 쭉 끼쳤다. 이미 사람의 고기 맛을 본 그들이 나라고 해서 잡아먹지 않으리라는 법은 없지 않은가.

"너를 몇 번이고 물어뜯어야"겠다던 그 여자의 말과 검푸른 얼굴에 이가 툭 튀어나온 자들의 웃음, 그리고 농부의 말에 분명히 그런 암시가 들어 있었다. 그들의 말에는 독이 스며 있었고 웃음에는 칼이 숨어 있었다. 게다가 그들에게는 하얗고 날카로운 이가 있었다. 그건 바로 사람을 잡아서 자근자근 씹을 수 있는 도구였다.

나는 원래 악한 사람이 아니었다. 하지만 구쥬 선생의 장부를 무심코 밟은 뒤로는 꼭 그렇다고 말하기도 어렵게 되었다. 그들에게 무슨 꿍꿍이속이 있는지는 전혀 알 길이 없었다. 게다가 그들은 사이가 조금만 틀어졌다 싶으면 상대가 누구든 곧바로 악인이라고 손가락질을 하는 자들이 아닌가.

형이 내게 글쓰기를 가르치던 때가 기억난다. 훌륭한 사람으로 우러름을 받는 이를 비판하는 글을 적으면 동그라미를 여러 개 쳐 주었다. 어쩌다 악한 사람이라고 손가락질당하는 사람을 옹호하는 글을 몇 마디 적으면 "하늘을 놀라게 할 비상한 재주를 가졌다."라며 칭찬을 아끼지 않았다.

그러니 그들의 속셈이 무엇인지 내가 짐작이나 할 수 있겠는

가. 그들이 언제 사람을 잡아먹을 작정인지는 더더욱 알 수가 없었다.

모든 일은 자세히 연구를 해 봐야 확실히 알 수 있다. 오랜 옛 날부터 사람을 잡아먹어 왔다는 이야기를 들은 기억이 어렴풋이 났다. 하지만 그리 분명하지는 않았다. 나는 역사책을 펼쳐 훑어보았다. 역사책인데도 연대가 없고 장마다 '인의 도덕'이라는 글자가 삐뚤빼뚤 쓰여 있었다. 어차피 잠도 오지 않아서 밤이 늦도록 책을 살피다 보니, 신기하게도 글자 사이사이로 어떤 글자가 보였다. '식인(食人)'이라는 글자였다. 책 전체에 걸쳐 여기저기 쓰여 있었다!

'식인'은 책에까지 엄연히 나오는 글자였다. 사람들이 킬킬거리며 이상한 눈으로 나를 쳐다보는 데다, 소작을 하는 농부는 자기 눈으로 사람을 잡아먹는 광경을 보았다는 것 아닌가.

나는 사람이고, 그들은 나를 잡아먹으려 한다!

4

아침에 일어나 가만히 앉아 있는데 천라오우가 밥상을 들여왔다. 상에 채소 요리와 생선찜이 놓여 있었다. 생선은 눈이 하얗고 딱딱했는데, 입을 벌린 모양이 흡사 사람을 잡아먹으려는 그자들과 똑같았다. 나는 결국 몇 젓가락 먹지 못했다. 미끈거리는 것이 생선 살인지 사람 고기인지 몰라서 몽땅 토하고 말았다.

나는 천라오우에게 말했다.

"형한테 말씀 좀 드려 주게. 마음이 답답해서 정원을 좀 거닐고 싶다고."

천라오우는 이렇다 저렇다 대답 없이 밖으로 나가 버렸다. 그러고는 조금 뒤에 다시 와서 문을 열었다.

나는 꼼짝하지 않은 채 그들이 나를 어떻게 처치하는지 지켜보았다. 그들이 나를 순순히 풀어 줄 리가 없었다. 과연 형은 늙은이를 이끌고 방 안으로 느릿느릿 들어왔다. 늙은이의 눈에는 흉악한 빛이 가득했다. 그는 내게 들킬까 봐 고개를 숙인 채 안경 밑으로 나를 흘깃거렸다. 형이 입을 열었다.

"오늘은 괜찮아 보이는구나."

내가 그렇다고 대답하자 형이 말을 이었다.

"너를 진찰해 주실 분을 모셔 왔다. 허 선생님이시다."

나는 그렇게 하라고 했다.

이 늙은이는 망나니가 틀림없었다. 의원으로 가장한 걸 내가 모를 줄 알고? 진맥을 한다는 구실로 살이 얼마나 붙었는지 가늠해 보고, 내 살점을 한 조각이라도 더 나누어 받으려는 속셈일 터였다. 그래도 나는 조금도 두렵지 않았다. 사람을 잡아먹지 않고도 배짱은 그들보다 훨씬 두둑했다. 나는 두 손을 앞으로 내밀고 그가 무슨 짓을 하는지 살폈다. 늙은이는 자리에 앉아 눈을 감은 채 한참 동안 내 손을 더듬더니 눈을 뜨고 음흉한 눈빛으로 말했다.

"쓸데없는 생각을 하지 마시오. 며칠 푹 쉬면 좋아질 겁니다."

쓸데없는 생각을 하지 말고 며칠 푹 쉬라니! 며칠 푹 쉬어서 살이 찌면 당연히 그들로서는 먹을 게 많아질 테지. 하지만 나한테는 좋을 게 없지 않은가. 도대체 어떻게 '좋아'진다는 것인가? 그들은 사람을 잡아먹고 싶어 몰래 일을 꾸미고 갖가지 방도를 궁리하면서도 감히 직접 손을 쓰지는 못했다. 정말 웃겨 죽을 노릇이었다.

나는 더 이상 참지 못하고 껄껄 웃음을 터뜨렸다. 기분이 무척 좋았다. 내 웃음 속에는 용기와 정의가 가득했다. 그 순간, 늙은이와 형의 얼굴빛이 싹 바뀌었다.

내 용기와 정의에 기가 죽은 것이다. 그럼에도 불구하고 그들은 나를 잡아먹으려고 더욱 안달을 했다. 알량한 용기가 조금은 남아 있었던 모양이었다. 늙은이는 문밖으로 나가더니, 형에게 목소리를 낮추어 말했다.

"빨리 먹어 치웁시다!"

형은 고개를 끄덕였다. 알고 보니 형도 한패였다! 그것은 중대한 발견이었다. 놀랍긴 해도 역시 짐작하고 있던 바였다. 사람들을 끌어모아 나를 잡아먹으려는 사람은 다름 아닌 바로 내 형이었다!

　사람을 잡아먹는 사람이 바로 내 형이다!

　나는 사람을 잡아먹는 사람과 형제간이다!

　설사 다른 사람에게 잡아먹힌다 해도, 어쨌든 나는 사람을 잡아먹는 사람과 형제인 것이다!

5

　요 며칠 한발 물러나 곰곰이 생각해 보았다. 그 늙은이가, 가장한 망나니가 아니라 진짜 의원이라 해도 사람을 잡아먹는 무리 중 하나임은 틀림없을 것이다. 의원들의 스승인 이시진이 지은 《본초○○》이라는 책에도 분명히 사람 고기를 지져 먹으라는 내용이 적혀 있지 않던가.(중국 당나라 의학서 《본초습유》에 인육을 약재로 쓰라는 대목이 있다. 하지만 명나라 말기의 약학자 이시진은 《본초강목》에서 이를 반대했다. 그러니 이시진이 인육을 지져 먹으라 했다는 것은 옳지 않은 얘기다. 광인의 관점에 맞추어 일부러 틀리게 쓴 것이다.―옮긴이) 그러니 그 늙은이도 자기가 사람을 잡아먹지 않는다고 발뺌하지는 못할 것이다.

　형 역시 내가 억울한 누명을 씌우는 게 아니다. 예전에 나한테 글을 가르치면서 자기 입으로 "자식을 바꾸어 잡아먹을"(《춘추

좌전》의 한 구절. 송나라 도성이 초나라 군대에게 오랫동안 포위되었을 때 성안에서 굶주림 때문에 벌어진 참상을 표현한 말—옮긴이) 수 있다고 말했다. 한번은 질 나쁜 자를 거론하면서 그를 죽여 "고기를 먹고 가죽은 깔고 자야 한다."라고도 했다. 그때 나이가 몹시 어렸던 나는 겁이 나서 한참 동안 가슴이 두근거렸다.

그저께 랑쯔 마을의 농부가 찾아와서 심장과 간을 꺼내 먹은 사람들의 이야기를 전할 때도 형은 전혀 놀라는 기색 없이 고개를 계속 주억거렸다.

형은 예나 지금이나 마음이 흉악하다 아니할 수 없다. "자식을 바꾸어 잡아먹을" 수 있다면 무엇이든 바꿀 수 있을뿐더러, 어떤 사람이든 잡아먹을 수 있는 셈이다. 전에는 형의 말을 듣고도 무심코 지나쳤지만 이제는 분명히 알겠다. 그런 얘기를 할 때 형의 입가에는 사람의 기름이 묻어 번질거렸고, 머릿속에는 사람을 잡아먹으려는 생각이 가득했다는 것을.

6

깜깜해서 낮인지 밤인지 분간하지 못하겠다. 자오 씨네 개가 또 짖기 시작했다. 사자같이 포악하고, 토끼같이 나약하면서, 여우같이 교활하게…….

7

 그들의 방법을 알겠다. 직접 죽이는 방법은 쓰지 않을 모양이다. 감히 그럴 배포도 없다. 후환이 생길까 봐 두려운 것이다. 그래서 서로 손을 맞잡아 그물을 쳐 놓고는 나를 자살로 몰아가고 있다.
 며칠 전에 거리에서 만난 사람들의 태도와 요 며칠 형의 행동을 보아 십중팔구 그렇다는 것을 깨달았다. 그들에게 가장 좋은 것은 내가 허리띠를 풀어 대들보에 묶고 스스로 목매달아 죽는 것이다. 그러면 그들은 살인죄를 피하면서도 소원을 이루는 셈이니 뛸 듯이 기뻐하며 숨죽여 웃을 테지. 그렇지 않고 내가 놀라움과 걱정으로 시름시름 앓다가 죽는다 해도 살이 빠져서 조금 수척해지긴 하겠지만, 그래도 이만하면 그런대로 괜찮다며 만족해할 것이다.
 그들은 죽은 사람의 고기밖에 먹지 못한다! 어떤 책에서 '하이에나'라는 동물에 관한 이야기를 읽은 기억이 난다. 눈빛이나 생김새나 다 꼴불견인 그놈은 죽은 동물의 살점을 다 먹고 커다란 뼈다귀까지 잘게 씹어 배 속에 욱여넣는다고 하니 생각만 해도 소름이 끼친다. 하이에나는 이리의 친척이고, 이리는 개하고 형제나 다름없다. 그저께 자오 씨네 개가 나를 힐끔거리는 것을 보고 그놈도 한통속이라는 걸 알아챘다.

그 늙은이는 고개를 숙인 채 땅만 보고 있었지만 결코 나를 속일 수는 없다.

가장 안타까운 사람은 형이다. 자기도 사람이면서 어쩌면 그렇게 두려워하지 않는 걸까? 더구나 다른 사람들과 작당을 해서 나를 잡아먹으려 하다니! 오랫동안 습관이 되어 나쁜 짓인 줄도 모르는 걸까? 아니면 양심을 잃어서 뻔히 알면서도 범죄를 저지르려는 걸까?

사람을 잡아먹는 사람을 저주하는 건 형부터 시작해야겠다. 사람을 잡아먹는 사람을 타이르는 것도 형부터 시작해야겠다.

8

지금쯤 되면 그들도 이런 이치쯤은 이미 알아차렸어야 하는데…….

그때 누가 찾아왔다. 스무 살쯤 되어 보였는데, 외모에 이렇다 할 특징이 없었다. 그는 얼굴 가득 미소를 띠고서 연방 고개를 끄덕였다. 왠지 그의 웃음도 진짜 같지 않았다. 나는 대뜸 그에게 물었다.

"사람을 잡아먹는 게 옳은 일인가?"

그는 계속 웃으며 되물었다.

"흉년도 아닌데 사람을 잡아먹을 리가 있나요?"

나는 그도 한패라는 것을, 사람 잡아먹기를 즐기는 사람이라는 것을 알아챘다. 그래서 용기를 내어 다시 물었다.

"옳은 일인가?"

"그런 건 왜 물으십니까? 농담도 잘하시네요. ……오늘은 날씨가 참 좋습니다."

날씨가 좋긴 하지. 달빛도 밝고 말이야. 하지만 나는 네 대답을 꼭 들어야겠어.

"옳은 일이냐니까?"

그는 그렇다고 생각지 않는 듯 모호하게 대답했다.

"아니죠…….."

"옳지 않지? 그런데 왜 잡아먹는가?"

"난 그런 적이 없는데요……."

"그런 적이 없다고? 랑쯔 마을에서는 지금도 사람을 잡아먹고 있어. 책에도 그렇게 쓰여 있고. 이 순간에도 벌어지고 있는 일이란 말이야!"

그는 얼굴빛이 시퍼렇게 변하더니 눈을 크게 뜨고 말했다.

"그럴 수도 있겠죠. 옛날부터 그랬으니까…….."

"옛날부터 그랬으면 옳은 일인가?"

"이런 얘기는 더 이상 하고 싶지 않아요. 이런 얘기를 큰 소리로 하시면 안 돼요. 잘못된 일이라고요!"

내가 자리에서 벌떡 일어나 눈을 부릅떴을 때 그 사람은 이미 사라지고 없었다. 온몸에서 땀이 줄줄 흘렀다. 내 형보다 한참 어린 나이인데 벌써 한패거리가 되어 있다니. 자기 부모에게 배운 게 틀림없었다. 어쩌면 자기 아들에게도 그새 가르쳤는지 모른다. 그래서 아이들까지 음흉한 눈초리로 나를 보는 것이다.

9

남을 잡아먹으려고 기를 쓰면서도, 혹여 남에게 자기가 잡아먹힐까 봐 두려워 서로를 의심의 눈초리로 엿보고 있다.

이런 마음을 다 버리고 마음 편히 일을 하고 길을 걷고 밥을 먹고 잠을 자면 얼마나 좋을까. 그것은 하나의 문지방, 즉 하나의 고비일 뿐이다. 하지만 그들은 부모와 형제, 부부, 친구, 스승, 제자, 원수, 심지어 생면부지의 사람까지 한패가 되어 서로 권하고 견제하면서 죽어도 그 한 발짝을 내디디려 하지 않는다.

10

아침 일찍 형을 찾아갔다. 형은 대청마루 앞에 서서 하늘을 올려다보고 있었다. 나는 그의 등 뒤로 걸어가서 대문을 막아선 채 침착하고 상냥한 목소리로 말했다.

"형님, 드릴 말씀이 있습니다."

"말해 보아라."

형은 얼른 뒤돌아보며 고개를 끄덕였다.

"왜 그런지 몇 마디 안 되는데도 입이 잘 안 떨어지는군요. 형님, 옛날에 야만적인 사람들은 사람을 잡아먹었을 겁니다. 그러다가 일부는 생각이 달라져서 사람을 잡아먹지 않고 스스로 나아지려고 노력하여 사람으로, 그러니까 참다운 사람으로 변했습니다. 하지만 일부는 계속 사람을 잡아먹었습니다. 꼭 벌레처럼 말이죠. 그리고 일부는 새와 물고기, 원숭이가 되었다가 나중에는 사람으로 변했고, 또 일부는 나아지려고 하지 않아 아직까지 벌레로 살고 있습니다. 사람을 잡아먹는 자들은 그렇지 않은 사람들과 비교했을 때 얼마나 부끄러운 존재입니까? 벌레가 원숭이와 비교해 부끄러운 것보다 훨씬 더합니다.

역아(춘추 시대 사람으로, 적에게 쫓겨 기진맥진한 제나라 환공에게 자기 아들을 삶아서 바쳤다.—옮긴이)가 자기 아들을 삶아 걸과 주에게 먹인 것은 아주 옛날 일입니다. (걸은 하나라 마지막 왕이고, 주는 상나라의 마지막 왕이다. 여기에서도 일부러 틀리게 쓴 것이다.—옮긴이) 반고(중국 신화에서 천지를 창조한 거인—옮긴이)가 하늘과 땅을 연 이래로 역아의 아들을 잡아먹고, 역아의 아들이래로 서석린(청나라 말기의 혁명가로, 1907년에 군사 봉기를 했다가 군인들에게 살해당해 심장과 간을 파 먹혔다.—옮긴이)까지 잡아먹고, 또 서석린 이래로 랑쯔 마을에서 사람을 잡아먹을 줄 누가 알았겠습니까? 지난해에 성안에서 죄수가 사형당했을 때는 폐병쟁이 하나가 만두에 그 피를 적셔 핥아 먹었습니다.

그런데 그들이 지금 나를 잡아먹으려 하고 있습니다. 형님 혼자서야 이런 일을 어찌 상상이라도 하셨겠습니까? 그런데 왜 하필 그 무리에 들어가신 겁니까? 사람을 잡아먹는 자들이 무슨 일인들 못 하겠습니까? 그들은 나를 잡아먹고 형님도 잡아먹을 겁니다. 자기들끼리도 잡아먹을 겁니다. 하지만 한 걸음만 돌아서면, 이제라도 바로 고치기만 하면 다들 평안해질 수 있습니다. 여태 그래 왔다 해도 오늘부터라도 나아질 수 있습니다. 안 된다고 말씀하세요! 형님, 나는 형님이 그렇게 말씀하시리라 믿습니다. 그저께 소작농이 지대(땅을 빌려 쓴 대가로 지불하는 금전이나 그 외의 물건—옮긴이)를 줄여 달라고 했을 때도 형님은 안 된다고 말씀하시지 않았습니까?"

처음에 형은 냉소만 짓고 있더니 점차 눈빛이 흉악해졌다. 그들의 속사정을 폭로할 때는 얼굴빛이 시퍼렇게 변했다.

대문 밖에는 사람들이 무리지어 서 있었다. 자오구이 영감과 개도 그 무리에 끼어 있었다. 다들 집 안을 기웃거리며 비집고 들어오려 하였다. 누구는 천을 뒤집어썼는지 얼굴이 보이지 않았고, 또 누구는 검푸른 얼굴에 이를 삐죽이 내민 채 입술을 오므리고 웃었다. 나는 그들이 한패라는 것을 한눈에 알아보았다. 모두 사람을 잡아먹는 자들이었다. 하지만 그들의 생각이 다 같지는 않다는 것도 알고 있었다. 누구는 옛날부터 그래 왔기 때문에 사람을 잡아먹는 걸 당연하게 생각했고, 또 누구는 사람을 잡아먹으면 안 된다는 걸 알면서도 어쩔 수 없이 그렇게 하고 있었다. 그런 마음을 남들에게 들킬까 봐 두려운 나머지, 내 말을 듣고 화를 내면서도 입술을 오므린 채 냉소를 짓는 것이었다.

그때 형이 흉악한 표정으로 돌변하며 고함을 질렀다.

"모두 나가! 미치광이한테 뭐 볼 게 있다고!"

그 순간, 나는 그들의 교묘한 수법을 또 한 가지 알아챘다. 그들은 스스로를 고치기는커녕 이미 음모를 짜서 나를 미치광이로 몰 준비를 끝내 놓은 것이었다. 그러면 앞으로 나를 잡아먹어도 아무 일이 없을뿐더러 사람들의 공감도 살 수 있을 터였다. 사람들이 악인을 잡아먹었다고 한 소작인의 말이 바로 이 방법인 모양이었다. 그러니까 이게 바로 그들의 상투적인 수법이었다!

천라오우가 잔뜩 화가 난 얼굴로 다가왔지만 내 입을 막을 수는 없었다. 나는 기어코 사람들을 향해 말했다.

"당신들은 고칠 수 있어. 지금이라도 마음을 고쳐먹으라고! 앞으로는 사람을 잡아먹는 사람은 용납되지 않아. 그런 사람은

이 세상에서 더 이상 살아갈 수 없다는 걸 알아야 해."

나는 온 마음을 다해 또 말했다.

"당신들은 고쳐야 해. 그렇지 않으면 언젠가 당신들도 잡아먹히고 말 거야. 아무리 애를 많이 낳아도 소용없어. 참다운 사람들에게 멸망당할 테니까. 사냥꾼이 이리를 모조리 때려잡는 것처럼 말이야! 벌레를 몽땅 죽여 버리는 것처럼 말이야!"

천라오우가 사람들을 다 쫓아냈다. 형도 어디론가 사라지고 없었다. 천라오우는 내게 방으로 돌아가라고 권했다. 방 안은 온통 깜깜했다. 대들보와 서까래가 머리 위에서 흔들리고 있었다. 그렇게 잠시 흔들리더니 엄청나게 커져서 내 몸을 내리눌렀다.

너무 무거워서 옴짝달싹할 수가 없었다. 마치 나를 죽이려는 것 같았다. 나는 곧 그 무게가 가짜인 것을 깨닫고 몸부림을 쳐서 빠져나왔다. 온몸이 땀에 흠뻑 젖었다. 그래도 나는 한사코 외쳤다.

"당신들은 어서 바뀌어야 해. 마음을 고쳐먹어! 앞으로 사람을 잡아먹는 건 절대로 용납되지 않는다고……."

11

해도 뜨지 않았다. 방문도 열리지 않았다. 날마다 식사는 두

끼뿐이었다.

젓가락을 쥐는데 문득 형 생각이 났다. 이제 보니 누이동생이 죽은 것도 다 형 때문이었다.

그때 누이동생은 겨우 다섯 살이었다. 그 애의 귀엽고 가여운 모습이 아직도 눈에 선했다. 어머니가 울음을 그치지 못하자 형이 울지 말라며 어머니를 달랬다. 막상 누이동생을 잡아먹고 나자 조금은 미안한 마음이 들었던 게지. 지금도 미안한 마음을 느낄 수 있다면…….

누이동생은 형에게 잡아먹혔다. 어머니가 아셨는지 모르셨는지는 알 수 없지만.

아니다, 어머니도 분명히 아셨을 것이다. 하지만 우실 때는 아무 말씀도 하지 않으셨다. 당연하다고 여기셨는지도 모르겠다.

내가 너덧 살 나던 무렵, 대청마루에 앉아 바람을 쐬고 있을 때 형이 이런 말을 한 적이 있었다. 부모가 병이 나면 자식은 자기 살이라도 베어 삶아 드리는 것이 진정한 효도라고.

그때 어머니는 그러면 안 된다고 말씀하지 않으셨다. 한 조각을 먹을 수 있다면 당연히 통째로도 먹을 수 있을 테니까. 하지만 그날 어머니의 울음소리는 정말로 슬프기 그지없었는데, 어찌 된 일인지 너무도 이상하다!

12

더는 생각할 수 없다.

사천 년 동안 끊임없이 사람을 잡아먹은 곳, 그곳에서 나도 오랫동안 살아왔음을 오늘에야 깨달았다. 형이 집안일을 관리하고 있을 때 누이동생이 죽었으니, 음식 속에 누이동생의 살점을 넣어 우리에게 몰래 먹였을지 누가 알겠는가.

모르는 사이에 나도 누이동생의 살점을 몇 조각 먹었을지도 모른다. 그리고 지금은 내 차례가 되었다…….

모름지기 사천 년간의 식인 이력을 가지게 된 나는, 처음에는 몰랐을지라도 이제는 분명히 알게 되었다. 참다운 사람을 만나기 어렵다는 것을!

13

사람 고기를 한 번도 먹은 적 없는 아이가 아직 있을까?

아이들을 구해야 한다…….

1918년 4월

제 2 편
쿵이지

　루전 마을의 술집은 다른 지역의 술집과는 구조가 달랐다. 하나같이 기역 자 모양의 커다란 판매대가 길 쪽으로 나 있었다. 판매대 안에는 언제든 술을 데울 수 있도록 뜨거운 물을 준비해 두었다. 일꾼들은 정오와 저물녘, 즉 일을 마칠 때마다 한 잔에 동전 사 문(文, 청나라 때 동전을 세는 단위—옮긴이)—이건 이십여 년 전 이야기이다. 지금은 한 잔에 십 문은 할 것이다.—을 치르고 판매대에 기댄 채 따끈한 술을 마시며 잠시나마 숨을 돌렸다.
　여기에 일 문을 더 내면 삶은 죽순이나 회향두(향신료인 회향을 넣어 삶은 콩—옮긴이) 한 접시를 안주로 먹을 수 있었고, 십여 문을 더 내면 고기 요리까지 먹을 수 있었다.

하지만 대부분의 손님이 짧은 옷을 입은 가난뱅이인지라 그런 사치를 부리지는 못했다. 대개는 장삼(관리들이 입는 긴 두루마리―옮긴이)을 입은 사람들이나 가게 안에 있는 방을 차지하고 앉아서 느긋하게 안주와 술을 먹고 마셨다.

나는 열두 살 때부터 마을 입구의 셴헝 술집에서 점원으로 일했다. 주인은 내가 바보스러워 장삼 입은 손님을 잘 대접하지 못할 것 같다고 했다. 그래서 바깥에서 일하게 했다. 바깥의 짧은 옷 입은 손님들을 상대하기는 어렵지 않았지만, 뭔지 모를 소리를 웅얼거리는 사람이 꽤 많았다. 그들은 술 항아리에서 황주(수수, 쌀 등으로 빚은 누렇고 도수가 낮은 술―옮긴이)를 떠내는 것을 끝까지 지켜보곤 했다. 혹시라도 술에다 물을 섞는 건 아닌지 살피는 것이었다. 그들은 술 주전자를 뜨거운 물속에 담글 때까지 눈을 떼지 않았다. 이렇게 엄격한 감시 속에서 술 주전자에 물을 타기란 정말이지 어려운 일이었다.

결국 며칠 뒤, 주인은 내가 그 일도 잘해 내지 못한다고 말했다. 다행히 나를 소개해 준 사람의 체면 때문에 자르지는 않았지만, 술을 데우는 것처럼 변변찮은 일만 시켰다.

그때부터 나는 온종일 판매대 뒤에 서서 내게 주어진 일만 해야 했다. 실수는 없었지만 무척 단조롭고 심심했다. 게다가 주인은 표정이 험상궂고 손님들은 말투가 거칠어서 늘 주눅이 들곤 했다. 오직 쿵이지가 가게에 올 때만 몇 번 웃을 수 있었다. 그

덕분에 나는 그를 지금까지 생생하게 기억하고 있다.

쿵이지는 장삼을 입고도 밖에 서서 술을 마시는 유일한 사람이었다. 그는 체격이 무척 컸다. 얼굴이 몹시 창백한 데다 주름살 사이에는 늘 상처가 있었다. 텁수룩한 수염은 희끗희끗했다. 그리고 장삼을 입기는 했지만 더럽고 낡아서 줄잡아 십여 년은 빨지도 수선하지도 않은 듯했다.

말끝마다 '지', '호', '자', '야'(옛날 한문에 많이 쓰이는 글자들—옮긴이)를 남발해서 듣는 사람을 알쏭달쏭하게 만들었다. 그의 성이 쿵 씨였기에 사람들은 아이들의 습자지에 나오는 '상다런 쿵이지(上大人孔乙己, 아이들에게 글씨 쓰기를 연습하게 할 목적으로 만든 문장의 한 구절—옮긴이)'라는 말에서 별명을 따서 그를 쿵이지라고 불렀다.

쿵이지가 가게에 나타나면 술을 마시던 사람들이 약속이나 한 듯이 그를 보며 킥킥거렸다. 누군가는 이렇게 소리쳐 말하기도 했다.

"쿵이지, 얼굴에 상처가 또 늘었네!"

쿵이지는 그러거나 말거나 곧장 판매대에 대고 주문을 했다.

"술 두 잔 데워 줘. 회향두도 한 접시 주고."

그러고는 동전 구 문을 내놓았다. 사람들은 일부러 소리 높여 떠들었다.

"또 남의 물건을 훔친 모양이군!"

쿵이지는 눈을 부릅뜨고 대꾸했다.

"근거 없이 남을 모함하다니······."

"모함이라니. 그저께 네가 허 씨 집안의 책을 훔치다가 붙잡혀서 실컷 두들겨 맞는 걸 이 두 눈으로 똑똑히 봤는데."

쿵이지는 얼굴이 시뻘게져서는 이마에 퍼런 힘줄을 세우며 변명했다.

"책을 훔치는 건 도둑질이라고 할 수 없어······. 책에 욕심을 내는 건 선비로서 당연한 일이지, 어떻게 그걸 도둑질이라 한단 말인가?"

그는 연달아 알아듣기 힘든 말을 지껄였다. 군자는 본디 가난하다는 따위의 말을 내뱉어서 사람들에게 웃음을 샀다. 덕분에 가게 안팎이 쾌활한 분위기로 바뀌었다.

사람들이 뒤에서 하는 이야기를 들어 보니, 쿵이지는 본래 글공부를 하긴 했지만 하급 시험에도 합격하지 못해 생계를 꾸릴 능력조차 없는 형편이었다. 결국은 점점 가난해지다 구걸을 할 지경에 이르렀다. 다행히 글씨를 꽤 잘 써서 책을 베껴 써 주고 가까스로 입에 풀칠을 했다.

그런데 워낙 게으르고 먹는 걸 밝히는 습성이 있어서 일을 시작하고도 며칠을 진득하게 앉아 있지 못했다. 어느 날 갑자기 쿵이지 자신은 물론이고 책과 종이, 붓, 벼루까지 몽땅 사라져 버리곤 했다. 이런 일이 되풀이되자 더 이상 책을 베껴 써 달라는 사람이 없었다. 그 후로 쿵이지는 이따금씩 도둑질을 하기 시작했다.

  하지만 우리 가게에서만큼은 다른 사람들보다 오히려 품행이 점잖았다. 술값을 미루거나 안 갚은 적도 없었다. 어쩌다 돈이 없어 칠판에 외상으로 이름이 적혀도 한 달 안에 꼭 정산하여 이름을 지웠다.

  쿵이지가 술을 반 잔쯤 마시고 났을 때였다. 불그레했던 얼굴이 차차 원상태로 돌아올 즈음, 옆에 서 있던 사람이 물었다.

  "쿵이지, 너 정말 글을 읽고 쓸 줄 알아?"

  쿵이지는 그 사람을 보면서 대꾸할 가치도 없다는 듯한 표정을 지었다. 사람들이 이어서 물었다.

  "그럼 왜 반 쪼가리 수재(청나라 때 지방의 하급 과거 시험에 합격한 사람을 일컫는 말—옮긴이)도 못 된 거야?"

  이 말을 듣는 순간, 쿵이지는 불안하고 당혹스러운 표정을 짓더니 얼굴이 잿빛으로 바뀌었다. 그러고는 뭐라고 중얼거렸는데, 이번에도 '지', '호', '자', '야'가 들어가는 케케묵은 말을 지껄이는 바람에 무슨 말인지 도무지 알아들을 수가 없었다. 사람들은 또 한바탕 웃음을 터뜨렸고, 가게 안팎은 유쾌한 기운으로 들썩였다.

  이럴 때는 내가 따라 웃어도 주인이 나무라지 않았다. 나무라기는커녕 주인이 한술 더 뜰 때도 있었다. 쿵이지에게 일부러 그런 식의 질문을 던져서 가게를 웃음바다로 만들었다. 쿵이지는 그들과는 더 이상 이야기가 통하지 않는다는 걸 깨닫고 아이들에게 말을 걸었다.

한번은 내게 이런 말을 했다.

"너, 글 좀 배워 봤니?"

내가 고개를 끄덕이자 또다시 말을 이었다.

"글을 배워 봤단 말이지……. 그럼, 시험을 해 봐야겠군. 회향두의 '회(茴)' 자는 어떻게 쓰지?"

순간, 거지나 다름없는 사람에게 시험을 당하는 건 말도 안 된다는 생각이 들었다. 나는 짐짓 고개를 돌리고 모르는 체했다. 쿵이지는 한참을 기다리다가 부드러운 어조로 말했다.

"못 쓰겠나 보구나. ……내가 가르쳐 주지. 잘 기억해 둬야 한다! 이런 글자는 꼭 알아야 해. 앞으로 가게 주인이 되면 장부에 적어야 하니까."

나는 '주인'이라는 말이 나오는 거리가 멀어도 한참 멀다는 생각이 들었다. 더구나 우리 주인이 회향두라는 글자를 장부에 적는 걸 한 번도 본 적이 없었다. 하지만 우습기도 하고 귀찮기도 해서 마지못해 답을 해 주었다.

"누가 가르쳐 달래요? 초두머리(艹) 밑에 돌아올 회(回) 자잖아요."

쿵이지는 마치 자기가 대답한 양 기쁨을 감추지 못했다. 손톱이 길게 자란 두 손가락으로 판매대를 연방 두드리면서 고개를 끄덕였다.

"맞다, 맞아! ……회 자를 쓰는 방법이 네 가지나 되는데 그것도 알고 있느냐?"

나는 더욱 귀찮아져서 입을 삐죽 내밀고는 자리를 피해 버렸다. 손톱에 술을 묻혀 판매대 위에 막 글자를 쓰려던 쿵이지는 내가 시큰둥해하자 한숨을 푹 쉬며 안타까워했다.

한번은, 이웃 아이들이 웃음소리를 듣고 가게로 몰려와서 쿵이지를 에워쌌다. 그는 아이들 앞앞에 회향두를 한 개씩 나누어 주었다. 그런데 아이들은 회향두를 다 먹고도 가지 않고 쿵이지의 접시를 물끄러미 바라보았다. 쿵이지는 허둥지둥 허리를 숙여 자기 접시를 가리며 말했다.

"많지 않다, 나도 많지 않단 말이다."

그러고는 다시 허리를 펴고 고개를 설레설레 저었다.

"많지 않다, 많지 않아! 많은고? 많지 않으니라.("많은고? 많지 않으니라."는 《논어》의 한 구절이다.―옮긴이)"

그제야 아이들은 까르르 웃으며 흩어졌다.

쿵이지 덕분에 사람들은 무척 즐거워했지만, 그가 없을 때도 그럭저럭 잘 지냈다.

추석을 이삼 일 앞두고 있을 때였다. 주인이 장부를 정리하다 말고 문득 이렇게 말했다.

"쿵이지가 제법 여러 날 안 왔군. 아직 외상이 십구 문이나 남았는데 말이야."

그제야 나는 그가 오랫동안 오지 않았다는 것을 깨달았다. 그때 마침 술을 마시고 있던 사람이 말했다.

"그 사람이 어떻게 와? ……다리가 부러졌는데."

주인이 깜짝 놀라며 되물었다.

"뭐라고요?"

"또 도둑질을 했다네. 이번에는 정신이 나갔는지 거인(수재보다 한 단계 높은 지방 과거에 합격한 사람—옮긴이) 나리 댁을 털려고 했대. 그런 집 물건을 훔칠 수 있을 것 같아?"

"그래서 어떻게 됐는데요?"

"어떻게 됐냐고? 먼저 자술서를 쓰고 한밤중까지 흠씬 두들겨 맞았지. 그러다가 다리가 부러졌고."

"그래서요?"

"다리가 부러졌다니까."

"다리가 부러져서 어떻게 됐냐니까요?"

"어떻게 됐냐고? ……그걸 누가 알겠어? 아마 죽었겠지."

주인은 더 이상 묻지 않고 장부 정리를 계속했다.

추석이 지나자 가을바람이 하루가 다르게 쌀쌀해졌다. 초겨울이 가까워 온 모양이었다. 온종일 불 옆에 있어도 솜저고리를 입어야 할 만큼 날씨가 차가웠다.

그러고 나서 며칠이 지난 뒤였다. 나는 손님이 없어서 눈을 감은 채 꾸벅꾸벅 졸고 있었다. 그때 불현듯 누군가의 목소리가 들려왔다.

"술 한 잔 데워 줘."

무척 나직했지만 귀에 익은 목소리였다. 눈을 번쩍 떴는데 사람이 보이지 않았다. 일어나서 바깥쪽을 살펴보니 쿵이지가 계산대 밑에서 문지방을 마주하고 앉아 있었다. 그의 얼굴은 까맣고 수척했다. 해진 겹저고리 차림으로 가마니를 깔고 앉아 있었는데, 어깨에는 가마니와 이은 새끼줄이 걸쳐져 있었다. 형편없는 몰골이었다. 그는 나를 보더니 또다시 말했다.

"술 한 잔 데워 줘."

주인은 머리를 내밀어 그를 보고는 대뜸 이렇게 말했다.

"쿵이지 아냐? 아직 외상이 십구 문이나 남아 있다고!"

쿵이지는 기가 죽은 모습으로 고개를 들고서 대답했다.

"그건…… 다음에 갚겠네. 이번에는 돈을 낼 테니 좋은 술로 주게나."

주인은 평소처럼 웃으며 그에게 말했다.

"쿵이지, 또 도둑질을 했군!"

그런데 어쩐 일인지 전처럼 변명을 하려 들지 않고 처연하게 "농담하지 말게!"라고만 했다.

"농담이라고? 도둑질을 안 했으면 다리는 왜 부러졌는데?"

쿵이지는 낮은 목소리로 중얼거렸다.

"넘어져서……, 넘어져서 부러졌다고……."

그의 눈빛은 더 이상은 묻지 말아 달라고 애원하는 듯했다. 어느 틈에 모여든 사람들이 주인과 함께 웃음을 터뜨렸다. 나는 데운 술을 들고 나가 문지방 위에 놓았다. 그는 해질 대로 해진 옷의 주머니를 더듬어서 동전 사 문을 꺼내 내 손바닥 위에 올려놓았다.

그 순간, 나는 그의 손이 온통 진흙투성이인 것을 알아차렸다. 여기까지 기어온 모양이었다. 얼마 뒤 술을 다 마시고 나자, 그는 사람들이 웃고 떠드는 소리를 뒤로한 채 손바닥으로 땅을 짚어 가며 천천히 자리를 떴다.

그 뒤로 또 오랫동안 쿵이지를 보지 못했다. 연말이 되자 주인은 칠판을 내리며 말했다.

"쿵이지 외상이 아직 십구 문이나 남아 있군!"

이듬해 단오에도 똑같은 말을 했다.

"쿵이지 외상이 아직 십구 문이나 남아 있군!"

하지만 추석에는 아무 말도 하지 않았다. 연말이 되어서도 쿵이지는 보이지 않았다. 결국 나는 지금까지도 그를 보지 못했다. 쿵이지는 틀림없이 어디선가 죽었을 것이다.

1919년 3월

제 3 편
약

1

 어느 가을날 새벽, 달은 지고 해는 아직 나오지 않아 검푸른 하늘만 펼쳐져 있었다. 밤에 어슬렁대는 동물 말고는 모든 것이 잠든 시각이었다. 화라오솬은 자리에서 일어나 성냥을 그은 다음 기름투성이 등잔에 불을 붙였다. 곧 찻집에 딸린 두 칸짜리 방에 희뿌연 빛이 가득 퍼졌다.
 "여보, 나가려고요?"
 나이 든 여자의 목소리였다. 이어서 안쪽 작은 방에서 기침 소리가 들렸다.

"응."

라오솬은 대답을 하면서 옷의 단추를 채웠다. 그러고는 손을 내밀며 말했다.

"그것 좀 줘."

화 씨 아주머니는 베개 밑을 한참 더듬다가 은화 한 꾸러미를 꺼내 라오솬에게 건넸다. 라오솬은 그것을 받아 떨리는 손으로 옷 주머니에 넣고는 겉에서 꾹꾹 눌러 보았다. 그러고는 초롱에 불을 붙이고 등잔을 끈 뒤 안쪽 방으로 갔다. 그 방 안에서 뭔가 부스럭거리는 소리가 나더니 또 한바탕 기침 소리가 울렸다. 라오솬은 조용해질 때까지 기다렸다가 나지막이 말했다.

"샤오솬아, 일어나지 말거라. …… 가게 말이냐? 네 엄마가 알아서 하실 게다."

아들이 더 이상 말을 하지 않자, 라오솬은 편히 잠든 거라고 생각해 마음을 놓았다. 그리고 집에서 나와 거리로 나섰다. 거리는 어둠에 싸인 채 아무것도 보이지 않았다. 다만 희뿌연 길만 뚜렷하게 보였다.

라오솬은 초롱불로 발치를 비추며 걸어갔다. 가끔 개들과 마주쳤지만 한 마리도 짖지 않았다. 방 안에 있을 때보다 훨씬 추웠지만 오히려 상쾌하게 느껴졌다. 마치 자기가 소년으로 변해 사람을 살리는 신통력이라도 얻은 것처럼 씩씩하게 성큼성큼 나아갔다. 게다가 갈수록 길이 분명해지고 하늘도 밝아졌다.

라오솬은 길을 걷는 데만 신경을 쓰다가 어느 순간 깜짝 놀랐다. 멀리 '정(丁)' 자 모양의 삼거리가 선명하게 눈에 들어왔다. 그는 슬금슬금 뒷걸음질을 치다가 아직 문을 열지 않은 가게의 처마 밑으로 가서 문에 기대어 섰다. 한참을 그러고 있자니 온몸이 어는 듯했다.

"흥, 영감탱이."

"좋으시겠군……."

라오솬이 놀라서 눈을 떴을 때, 몇 사람이 그의 눈앞을 지나갔다. 그중 한 사람이 라오솬을 돌아보았는데, 그 형체가 흐릿했다. 하지만 오랫동안 굶은 사람이 음식을 발견한 것처럼 눈에서는 사나운 빛이 번뜩였다.

라오솬은 초롱불을 힐끔 보았다. 어느새 불이 꺼져 있었다. 이어서 주머니를 눌러 보았다. 두툼한 은화 한 꾸러미가 손에 느껴졌다. 그는 고개를 들어 양쪽을 둘러보았다. 수상해 보이는 사람들이 두셋씩 나뉘어 귀신처럼 서성이고 있었다. 하지만 찬찬히 살펴보니 수상한 점은 별로 없었다.

얼마 안 있어 군인 몇 명이 움직이는 것이 보였다. 군복 앞뒤에 새겨진 둥글고 커다란 동그라미가 멀리서도 똑똑히 보였다. 라오솬의 눈앞을 지나갈 때는 군복의 검붉은 테두리 장식까지 분간할 수 있었다.

한바탕 발걸음 소리가 요란하게 울리더니, 눈 깜짝할 사이에

한 무리의 사람들이 한쪽으로 몰려갔다. 두셋씩 서성이던 사람들이 갑자기 한 덩어리가 되어 밀물처럼 삼거리 입구까지 달려갔다. 그러다 불현듯 멈춰 서서 반원 모양으로 빙 둘러섰다.

라오솬은 그쪽을 주시했지만 사람들의 뒷모습밖에 보이지 않았다. 그들은 마치 보이지 않는 손에 목덜미가 잡힌 듯 오리 떼처럼 목을 길게 빼고 있었다. 그렇게 잠시 조용했다.

이윽고 무슨 소리가 난 듯하더니 또 한 번 움직임이 일어났다. 이어서 쿵 소리와 함께 모두 뒤로 물러섰고, 갑자기 라오솬이 서 있는 곳까지 우르르 밀려왔다. 그를 압박해 쓰러뜨릴 기세였다.

"어이, 돈! 이건 물건!"

온몸이 시커먼 사내가 라오솬 앞에 섰다. 칼처럼 날카로운 그의 눈빛에 라오솬은 몸이 반으로 쪼그라들 것 같았다. 그 사내는 한쪽 손을 펴서 라오솬에게 내밀었는데, 다른 한쪽 손에는 새빨간 찐빵을 쥐고 있었다. 그 찐빵에서 새빨간 것이 뚝뚝 떨어졌다.

라오솬은 떨리는 손으로 허둥지둥 은화를 꺼내 그 사내에게 내밀었다. 하지만 사내가 내민 물건을 받을 엄두가 나지 않았다.

사내가 초조해하며 소리쳤다.

"뭐가 무섭다고 그래? 어서 받으라고!"

그래도 라오솬이 머뭇거리자, 그 시커먼 사내는 초롱을 빼앗아 덮개 종이를 북 찢더니 그것으로 찐빵을 싸서 라오솬에게 건

네주었다. 그러고는 한 손으로 은화 꾸러미를 낚아채 움켜쥐어 보고는 돌아서서 가 버렸다.

"저 늙은 새끼가……."

그 사내가 입속으로 중얼거리는 소리가 들렸다.

"그걸로 누구 병을 고치려는 거요?"

누가 이런 질문을 하는 것 같았지만 라오솬은 아무 대답도 하지 않았다. 지금 그의 정신은 오직 종이 꾸러미에 쏠려 있었다. 마치 십 대 독자인 갓난아기를 안고 있는 것처럼 다른 일에는 신경 쓸 여력이 없었다. 그는 이제 그 종이 꾸러미 속의 새로운 생명을 자기 집에 옮겨 심어 엄청난 행복을 거둬들이려고 하는 것이었다.

해가 솟아올랐다. 그의 눈앞에 큰길이 나타났다. 그의 집까지 이어진 길이었다. 그리고 뒤편 삼거리 입구에 있는 낡은 현판에 '고○정구'라는 이 빠진 금박 문구가 햇빛에 반짝이고 있었다.

2

라오솬이 집에 돌아와 보니, 가게가 벌써 깨끗하게 치워져 있었다. 줄줄이 늘어선 탁자들은 반질반질 윤이 났다. 하지만 손님은 없었고, 샤오솬만 안쪽 탁자에 앉아 밥을 먹고 있었다.

샤오솬의 이마에서 굵은 땀방울이 흘러내렸다. 겹저고리도 땀에 젖어 등에 착 달라붙어 있었다. 앙상하게 불거진 양쪽 어깨뼈는 꼭 돋을새김한 '팔(八)' 자 모양 같았다. 이 모습을 보고 라오솬은 눈살을 찌푸렸다. 그때 그의 아내가 주방에서 허겁지겁 달려 나왔다. 그녀는 눈을 크게 뜬 채 입술을 바르르 떨고 있었다.

"사 왔어요?"

"사 왔어."

두 사람은 나란히 주방으로 가서 잠시 이야기를 나누었다. 화씨 아주머니가 밖으로 나가더니, 얼마 후 시든 연잎을 가지고 돌아왔다. 화 씨 아주머니는 연잎을 탁자 위에 펼쳤다. 라오솬은 재빨리 종이 꾸러미를 풀어 빨간 찐빵을 연잎으로 감쌌다.

샤오솬이 식사를 마치자, 화 씨 아주머니가 황급히 소리쳤다.

"얘야, 거기 좀 앉아 있거라. 여기로 오면 안 된다."

아내가 아궁이 불을 뒤척이자, 라오솬은 연잎 꾸러미와 빨갛게 물든 하얀 종이 쪼가리를 아궁이에 밀어 넣었다. 빨갛고 까만 불꽃이 확 타올랐다. 가게 안에 야릇한 냄새가 가득 퍼졌다.

"냄새가 끝내주네. 뭘 먹는 건가?"

꼽추인 우사오예였다. 우사오예는 매일 이 찻집에서 시간을 보냈다. 항상 제일 먼저 와서 제일 늦게 가는데, 때맞춰 와서는 길가 쪽 탁자에 앉아 질문을 던진 것이었다. 하지만 아무도 대답하지 않았다.

"쌀죽을 쑤나?"

여전히 대답이 없었다. 대신 라오솬이 황급히 나와서 차를 우려 주었다.

"샤오솬, 들어오렴."

화 씨 아주머니가 샤오솬을 안쪽 방으로 부른 뒤, 가운데에 의자를 놓고 앉게 했다. 그리고 접시에 거뭇거뭇하고 둥근 것을 담아 두 손으로 받쳐 들고 와서 나지막이 말했다.

"먹어 봐. 병이 금세 나을 거야."

샤오솬은 그 거뭇거뭇한 것을 집어 들고 잠시 바라보았다. 마치 자신의 생명을 들고 있는 듯 뭐라 말할 수 없이 이상한 느낌이 들었다. 조심조심 반으로 가르자 검은 껍질 속에서 하얀 김이 솟구쳤다. 김이 사라지자 그저 반으로 가른 하얀 밀가루 찐빵에 불과했다.

얼마 지나서 그것은 샤오솬의 배 속으로 사라졌다. 샤오솬은 그게 무슨 맛이었는지 기억나지 않았다. 그의 곁에는 아버지와 어머니가 나란히 서 있었다. 두 사람의 눈빛이 꼭 그의 몸속에 뭔가를 집어넣고 또 뭔가를 꺼내려는 것 같아 샤오솬은 심장이 두근거렸다. 가슴을 누르니 또 한바탕 기침이 났다.

"한숨 자거라, 곧 나아질 테니."

샤오솬은 어머니가 시키는 대로 기침을 하며 자리에 누웠다.

화 씨 아주머니는 그의 숨이 편안해질 때까지 기다렸다가 누덕누덕한 겹이불을 가만히 덮어 주었다.

3

　가게에 손님이 가득 찼다. 라오솬도 바빠졌다. 커다란 놋쇠 주전자를 들고 손님들의 찻잔에 뜨거운 물을 부어 주고 다녔다. 그는 피곤한 듯 양쪽 눈가가 거뭇거뭇했다.
　"라오솬, 어디가 불편한가? 병이라도 난 게야?"
　수염이 희끗희끗한 남자가 물었다.
　"아니에요."
　"아니라고? 그래, 싱글거리는 걸로 봐서는 병이 난 것 같진 않구먼."
　수염이 희끗희끗한 남자는 바로 자기가 한 말을 거두었다.
　"라오솬은 그냥 바쁜 거야. 만약 아들이……."
　꼽추 우사오예는 말을 끝맺지 못했다. 갑자기 험상궂게 생긴 사내가 들이닥쳤기 때문이다. 그는 단추도 채우지 않은 검은색 무명 장삼을 입고 검은색 굵은 허리띠를 아무렇게나 동여매고 있었다. 그는 가게 안으로 들어서자마자 다짜고짜 라오솬을 향해 소리쳤다.

"먹였나? 좋아졌어? 라오솬, 자네는 운이 좋았어. 내가 그 소식을 빨리 알지 않았으면 어쩔 뻔했어!"

라오솬은 한 손에 주전자를 든 채 다른 한 손을 공손하게 늘어뜨리고 싱글거리며 그의 말을 듣고 있었다. 자리를 가득 채운 손님들도 조용히 귀를 기울였다. 화 씨 아주머니도 피곤한 듯 눈가가 거뭇거뭇했지만, 싱글싱글 웃으며 찻잔과 찻잎을 내오더니 올리브까지 곁들여 대접했다. 라오솬이 곧 찻잔에 뜨거운 물을 부어 주었다.

"틀림없이 좋아질 거야. 그건 정말 다른 거니까! 생각해 보라고. 뜨끈뜨끈할 때 가져와서 역시 뜨끈뜨끈할 때 먹이지 않았나!"

험상궂은 사내는 계속 소리 높여 말했다.

"정말이지 캉 아저씨께서 보살펴 주시지 않았으면 어떻게 되었을지……."

화 씨 아주머니가 감격에 겨워 감사의 인사를 했다.

"나을 거야, 나을 거라고! 뜨끈뜨끈할 때 먹었으니까. 피를 잔뜩 묻힌 찐빵을 먹으면 어떤 폐병 환자도 다 낫는다니까!"

'폐병'이라는 두 글자를 듣고 화 씨 아주머니는 불쾌한 듯 얼굴색이 살짝 변했지만 바로 웃는 낯을 되찾고 민망한 듯 자리를 떴다. 하지만 캉 아저씨라는 사람은 눈치도 못 채고 계속 떠들어 댔다. 안에서 자고 있던 샤오솬은 캉 씨가 떠드는 소리에 깨어나 쿨럭쿨럭 기침을 했다.

"알고 보니 자네 아들 샤오솬이 그런 행운을 잡았군. 틀림없이 병이 깨끗이 나을 걸세. 그래서 라오솬이 하루 종일 웃고 있었군그래."

수염이 희끗희끗한 남자가 라오솬에게 웃으며 말하더니, 캉 씨 앞에 다가가 목소리를 낮춰 물었다.

"캉 형님, 오늘 처형된 죄인은 샤 씨 집안 자식이라던데 누구인가요? 대체 무슨 일로 그렇게 된 건가요?"

"누구냐고? 샤 씨네 넷째 아들의 자식 아닌가! 그 어린놈!"

사람들이 귀를 쫑긋 세우는 것을 보고 캉 씨는 더욱더 신이 났다. 얼굴에 덕지덕지 붙은 군살을 일그러뜨리며 더 큰 소리로 말했다.

"그 어린놈은 목숨이 아깝지 않대. 그러니 죽으면 그만이지만, 이번에 나는 이득 본 게 전혀 없단 말이지. 그놈의 옷까지 감옥을 지키던 빨간 눈 아의가 가져가 버렸다니까. 아무래도 가장 이득을 본 사람은 우리 라오솬이지. 두 번째는 샤 씨네 셋째 아들이고. 포상으로 은화를 스물다섯 냥이나 받았지 뭔가. 그걸 한 푼도 안 쓰고 자기 호주머니에 전부 챙겼지."

샤오솬이 느릿느릿 작은 방에서 나왔다. 두 손으로 가슴을 누르고 쉴 새 없이 기침을 해 댔다. 그는 주방으로 가서 밥그릇에 찬밥을 푸고 더운 물을 붓더니 앉아서 먹기 시작했다. 화 씨 아주머니가 쫓아가서는 조그맣게 물었다.

"조금 좋아졌니? 그냥 배만 고픈 거야?"

"꼭 나을 거라니까!"

캉 씨는 샤오솬을 힐끔 보더니 다시 고개를 돌려 사람들에게 말했다.

"샤 씨네 셋째 아들은 정말 약아빠졌다니까. 만약 먼저 관청에 고발하지 않았으면 자기네 집도 재산을 몰수당하고 모가지가 달아났을 거야. 그런데 지금은 어떻게 됐나? 은화까지 챙겼잖아! 그런데 그 어린놈은 정말 못 말리는 녀석이라니까. 감옥에 갇혀서도 간수한테 반란에 가담하라고 꼬드겼다지 뭔가?"

"아니, 어떻게 그럴 수가!"

뒷줄에 앉은 이십여 세의 젊은이가 성난 표정으로 말했다.

"내 말 좀 들어 보라고. 빨간 눈 아의가 일의 전말을 자세히 조사하러 갔는데 그 녀석이 도리어 말을 걸었다는군. '청나라는 우리 모두의 것이다.'라고 했다는 거야. 생각해 보라고, 그게 어디 사람이 할 소린가? 빨간 눈 아의도 본래 그 집에 늙은 어미 하나밖에 없다는 걸 알고 있었지만 그렇게 가난한 줄은 몰랐다고 하더군. 아무리 쥐어짜도 기름 한 방울 나올 게 없어서 진즉에 화가 머리끝까지 난 상태였는데, 그런 마당에 어린놈이 그랬으니 호랑이 머리를 긁은 격이 아니겠나? 결국 그놈에게 따귀 두 대를 갈겼다더군."

"아의는 무술이 뛰어난데 두 대나 맞았으면 꽤 아팠겠군."

구석에 앉아 있던 꼽추 우사오예가 별안간 흥분해서 말했다.

캉 씨는 우사오예를 한번 쳐다보고는 말을 이었다.

"그 어린놈은 맞으면서도 겁을 안 내고 외려 불쌍하도다, 불쌍하도다, 그랬다던데?"

이번에는 수염이 희끗희끗한 남자가 물었다.

"그런 놈은 맞아도 싼데 뭐가 불쌍하다는 거죠?"

캉 씨는 그를 가소롭다는 듯이 보며 코웃음을 쳤다.

"내 말을 잘 못 알아들었군. 어린놈이 아의한테 불쌍하다고 했다는 거야."

듣고 있던 사람들의 눈이 갑자기 멍해지더니 말소리가 뚝 그쳤다.

샤오솬은 식사를 다 마치고도 그대로 앉아 있었다. 온몸에 땀이 흐르고 머리에서 김이 피어올랐다.

"아의가 불쌍하다니, 미친 소리군요. 정말 미쳤어요."

희끗희끗한 수염의 남자가 크게 깨달은 듯이 말했다.

"미친 거예요."

젊은이도 크게 깨달은 듯이 말했다.

가게의 손님들은 다시 활기를 찾고 떠들기 시작했다. 샤오솬은 시끄러운 틈을 타서 격렬하게 기침을 했다. 이때 캉 씨가 샤오솬에게 다가가서 어깨를 두드리며 말했다.

"나을 거다! 이렇게 기침하면 안 된다, 샤오솬. 꼭 나을 거야!"
"미쳤어."
꼽추 우사오예가 고개를 끄덕이며 말했다.

4

서쪽 문밖, 성벽으로 이어진 땅은 본래 관청의 소유지였다. 그 땅 가운데에 난 구불구불하고 좁은 길은 지름길로 가려는 사람들이 밟아서 생긴 길이었다. 그 오솔길은 자연스럽게 경계선 역할을 했다. 그 길 왼쪽에는 사형수나 감옥에서 죽은 죄인들이 묻혔고, 오른쪽은 가난한 사람들의 공동묘지였다. 양쪽 모두 빽빽이 들어선 무덤은 마치 부잣집 생일 잔치상에 차려진 찐빵 같았다.

다음 해 청명절(음력 3월의 24절기 중 하나. 중국에서는 이날 성묘하는 관습이 있다.—옮긴이)은 유난히 추웠다. 버드나무에 쌀 반 톨만 한 새싹이 겨우 돋아 올랐다. 동이 튼 지 얼마 안 된 시각인데도 화 씨 아주머니는 길 오른쪽의 새 무덤 앞에 반찬 네 접시와 밥 한 공기를 차리고 한바탕 곡을 했다.

그리고 지전(돈 모양으로 만든 종이. 저승으로 가는 길에 쓰라고 죽은 사람을 위해 만든다.—옮긴이)을 태운 다음, 뭔가를 기다리는 듯 땅바닥에 멍하게 앉아 있었다. 그러나 무엇을 기다리는지 자신도 알지 못했다.

산들바람이 불어와 그녀의 짧은 머리카락을 날렸다. 확실히 흰머리가 작년보다 훨씬 늘었다.

좁은 길에 또 다른 여자가 나타났다. 역시 머리가 반은 하얗고 옷차림이 남루했으며 붉은 옻칠을 한 낡고 둥근 바구니를 들고 있었다. 그 바구니 밖으로 지전 한 꾸러미가 비어져 나와 있었다. 몇 걸음에 한 번 꼴로 쉬면서 걸어오다가 그녀는 화 씨 아주머니가 땅바닥에 앉아 자기를 보고 있는 것을 알고 조금 머뭇거렸다. 그녀의 창백한 얼굴에 부끄러운 기색이 떠올랐다. 하지만 결국에는 마음을 굳히고 길 왼쪽의 어느 무덤 앞에 가서 바구니를 내려놓았다.

그 무덤은 좁은 길을 사이에 두고 샤오솬의 무덤과 나란히 있었다. 화 씨 아주머니는 그녀가 반찬 네 접시와 밥 한 공기를 차리고 한바탕 곡을 한 다음, 지전을 태우는 것을 지켜보며 속으로 생각했다.

'저 무덤에 묻힌 사람도 아들인가 보구나.'

그 나이 든 여자는 서성이며 주위를 둘러보다 별안간 손발을 부르르 떨며 휘청휘청 뒤로 몇 걸음 물러섰다. 눈이 휘둥그레지고 넋을 잃은 표정이었다.

그 모습을 본 화 씨 아주머니는 그녀가 슬픔을 못 이겨 미쳐 버리는 게 아닌가 걱정이 되었다. 그녀는 벌떡 일어나 길을 건너서 조용히 말을 걸었다.

"너무 슬퍼하지 마세요. 우리 이제 그만 돌아가는 게 좋을 것 같네요."

그 여자는 고개를 끄덕였지만 여전히 눈을 부릅뜨고 허공을 바라보고 있었다. 그녀가 조그맣게 더듬거리며 말했다.

"저것 좀 봐요. 저게 뭐지요?"

화 씨 아주머니는 그녀의 손가락이 가리키는 방향을 보았다. 시선이 앞에 있는 무덤으로 옮겨 갔다. 풀뿌리조차 자리 잡지 못한 그 무덤은 군데군데 누런 흙이 보기 흉하게 드러나 있었다. 무덤을 자세히 보던 화 씨 아주머니는 깜짝 놀랐다. 빨갛고 하얀 꽃들이 무덤 꼭대기를 빙 두르고 있었다.

두 사람은 눈이 침침해진 지 이미 여러 해가 지났지만, 그 빨갛고 하얀 꽃은 똑똑히 볼 수 있었다. 썩 싱싱하지는 않아도 둥글게 원을 이루어 말끔한 모양이었다.

화 씨 아주머니는 얼른 자기 아들의 무덤과 다른 사람들의 무덤을 둘러보았다. 추위에도 아랑곳하지 않는 작고 하얀 꽃들만 드문드문 피어 있었다. 별안간 허전하고 뭔가 아쉬운 느낌이 들었지만 왜 그런지는 알 수 없었다.

그 나이 든 여자는 다시 몇 걸음 다가가서 자세히 살펴보더니 혼잣말로 중얼거렸다.

"이건 뿌리가 없네. 여기서 핀 게 아니잖아! 누가 온 걸까? 애들이 장난쳤을 리도 없고 친척들도 오지 않았을 텐데……. 어찌 된 일이지?"

그녀는 한참 동안 생각에 잠겨 있다가 갑자기 눈물을 흘리며 큰 소리로 울부짖었다.

"애야, 억울하게 죽은 게 원통해서 오늘 이렇게 나한테 알려 주는 거로구나."

그녀는 사방을 둘러보았다. 까마귀 한 마리가 잎도 없는 나무 위에 앉아 있었다.

"알겠다, 애야. 너를 모함한 놈들이 불쌍하구나. 그놈들은 언젠가 천벌을 받게 될 테니. 하늘이 다 알고 계신다. 그러니 너는 편히 눈을 감으렴. 애야, 네가 정말 여기에 있고 내 말을 들었다면, 저 까마귀를 네 무덤 위로 날려 내게 보여 주렴."

산들바람은 이미 멎었다. 마른 풀들이 철사처럼 꼿꼿이 서 있었다. 뭔가 떨리는 소리가 허공에 울리다가 점차 가늘어지더니 끝내 사라졌다. 주위는 온통 죽은 듯 정적이 감돌았다.

두 사람은 마른 수풀 속에 서서 까마귀를 올려다보았다. 까마귀는 쭉 뻗은 가지 사이에서 목을 움츠린 채 마치 동상처럼 꿈쩍 않고 앉아 있었다.

오랜 시간이 흐르고 무덤을 찾는 사람들이 점점 많아졌다. 늙은이와 아이들이 무덤 사이로 나타났다 사라졌다.

화 씨 아주머니는 왠지 모르게 무거운 짐을 벗은 듯한 기분이 들면서 집으로 돌아가야겠다고 마음을 먹었다. 그리고 나이 든 여자에게 권했다.

"우리, 이제 돌아갑시다."

그녀는 한숨을 쉬더니 힘없이 밥과 반찬을 챙겼다. 그러다가 또 잠깐 망설였다.

"이게 어찌 된 일일까?"

그녀는 중얼거리며 결국 천천히 그 자리를 떠났다.

두 사람이 이삼십 걸음도 채 떼지 못했을 때, 느닷없이 등 뒤에서 까악 하는 소리가 크게 울렸다. 둘은 깜짝 놀라 뒤를 돌아보았다. 까마귀가 두 날개를 폈다가 몸을 웅크리더니 곧장 머나먼 하늘을 향해 쏜살같이 날아가고 있었다.

1919년 4월

제 4 편
고 향

 추운 날씨를 무릅쓰고 이십 년 넘게 떠나 있던 고향으로 갔다. 내가 사는 지역에서 사백 킬로미터 넘게 떨어진 먼 곳이었다.
 때는 한겨울이었다. 고향에 가까워질수록 날씨가 더욱 을씨년스러워졌다. 차가운 바람이 선창 안으로 파고들며 윙윙 소리를 냈다. 장막 틈으로 밖을 바라보니 어슴푸레해지는 하늘 아래 황량한 마을들이 생기를 잃은 채 띄엄띄엄 가로놓여 있었다. 마음속에 울컥 슬픔이 차올랐다.
 '아, 여기가 이십 년 동안 그리워하던 내 고향이란 말인가?'
 내 기억 속의 고향은 결코 이렇지 않았다. 내 고향은 훨씬 좋은 곳이었다. 그러나 고향의 아름다움을 떠올리면서 좋은 점을 말하려고 보니 아름다운 모습도 떠오르지 않고 표현하고자 했던 말도 사라져 버렸다. 마치 원래 그랬다는 듯이.

나는 고향은 원래 그런 법이라고 스스로 변명을 했다. 고향에 발전이 없다 한들 꼭 나처럼 슬퍼할 이유는 없었다. 그저 내 심경의 변화일 뿐이었다. 이번에 나는 즐거운 마음으로 고향에 내려간 것이 아니었기 때문이다.

내가 고향에 내려간 목적은 고향과 이별하기 위해서였다.

오랫동안 우리 가문이 모여 살던 옛집은 이미 남에게 팔았고 올해가 가기 전에 넘겨주어야 했다. 그래서 서둘러 음력 정월 초하루까지 정든 옛집과 이별하고 가족들은 정든 고향을 멀리 떠나 내가 생계를 꾸리는 다른 지역으로 이사를 해야 했다.

다음 날 아침, 나는 우리 집 대문 앞에 도착했다. 기와지붕 위에는 잡초가 무성했는데, 시들어 잘린 줄기가 바람에 흔들리고 있었다. 이 오래된 집이, 주인이 바뀔 수밖에 없는 이유를 설명해 주고 있는 듯했다.

함께 살던 일가친척들이 이미 이사를 나가서 집 안은 매우 조용했다. 우리 가족이 사는 집채에 이르렀을 때 어머니는 벌써 마중을 나와 있었다. 뒤이어 여덟 살배기 조카 홍얼도 뛰어나왔다.

어머니는 무척 기뻐했지만 착잡한 심정을 감추고 있는 듯했다. 나에게 앉아서 쉬라고 하면서 차를 내왔다. 이사에 관해서는 입도 뻥긋하지 않았다. 나를 만난 적이 없는 홍얼은 멀찍이 서서 보고만 있었다.

우리는 결국 이사 이야기를 했다. 나는 내가 사는 지역에 집을 이미 계약했고, 또 가구를 몇 점 사 놓았다고 말했다. 이 집의 가구를 모두 팔아 이사 비용에 보태야 한다고도 했다. 어머니는 그러자면서 짐도 대충 싸 놓았다고 했다. 옮기기 불편한 가구는 절반쯤 처분했는데, 아직 돈은 못 받았다고 했다.

"하루 이틀 쉬었다가 친척 어른들께 인사드리고 나서 떠나자꾸나."

어머니가 말했다.

"예."

"그리고 룬투 말이다. 우리 집에 올 때마다 네 안부를 묻더구나. 꼭 한번 보고 싶은 모양이야. 네가 언제 오는지 대충 날짜를 알려 주었으니 아마 찾아올 게다."

그때 내 머릿속에 신비로운 그림 한 폭이 떠올랐다. 검푸른 하늘에 황금색 보름달이 걸려 있고, 그 아래 해변가 수박밭에 새파란 수박들이 끝없이 펼쳐져 있는 모습이었다. 그 가운데서 은목걸이를 한 열한두 살짜리 남자아이가 손에 작살을 들고 오소리를 힘껏 내리치고 있었다. 오소리는 몸을 한번 비틀더니 그 애의 가랑이 사이로 줄행랑을 쳤다.

그 소년이 바로 룬투였다.

내가 그를 안 것은 열 살이 좀 넘어서였으니 지금으로부터 삼십 년 전의 일이었다. 그때 아버지는 살아 계셨고, 집안 형편도 좋아서 나는 도련님 대접을 받았다. 그해는 우리 집에서 큰 제사를 지내야 했다. 그 제사는 삼십여 년 만에 한 번씩 차례가 돌아왔기 때문에 대단히 신경 써서 치러야 했다.

음력 정월에 지내게 될 그 제사에는 차리는 음식도 많았고 제기에도 정성을 들였다. 제사를 보러 오는 사람이 무척 많아서 제기를 도둑맞지 않게 주의해야 했다.

우리 집에 망월—우리 마을에는 세 종류의 일꾼이 있었다. 일년 내내 일해 주는 사람을 장년이라 하고, 하루 단위로 일해 주는 사람을 단공이라 하고, 자기 농사를 지으면서 명절이나 소작료를 거둘 때만 일해 주는 사람을 망월이라고 했다.—이 한 사람 있었는데, 어찌나 바빴던지 자기 아들 룬투를 데려와 제기를 지키게 하면 좋겠다고 아버지에게 말했다.

아버지는 그러라고 했다. 나는 그 사실을 알고 신이 났다. 전부터 룬투라는 이름을 들어왔기 때문이다. 게다가 룬투는 나와 동갑내기였다. 윤달에 태어나 오행 중 '토'가 빠졌다고 해서(사람이 태어난 해, 달, 일, 시간을 십간과 십이지를 조합한 간지로 표현하는데 이것을 '팔자'라 한다. 팔자는 화, 수, 목, 금, 토, '오행'으로 환원된다. 따라서 룬투의 팔자에 토가 부족하다는 뜻이다.—옮긴이) 그 애 아버지가 룬투('룬'은 윤달의 '윤閏', '투'는 '토土'의 중국어 발음이다.―옮긴이)라는 이름을 지어 주었다는 것까지 알고 있었다. 그 애는 덫으로 작은 새를 잡는 데 명수이기도 했다.

나는 매일같이 새해가 오기만 기다렸다. 새해가 오면 룬투도 오게 되어 있었다. 드디어 연말이 되었다. 어느 날 어머니가 나에게 룬투가 왔다고 일러 주었다. 나는 부리나케 달려갔다.

그 애는 부엌에 있었다. 보랏빛 둥근 얼굴에 작은 털모자를 쓰고 목에 반짝거리는 은목걸이를 걸고 있었다. 은목걸이는 그 애의 아버지가 아들을 얼마나 사랑하는지 보여 주는 물건이었다. 그 애가 일찍 죽을까 봐 부처님께 불공을 드리고 걸어 준 목걸이였다. 그 애는 다른 사람 앞에서는 무척 부끄럼을 탔지만 내게는 그러지 않았다. 옆에 아무도 없을 때면 나에게 바로 말을 걸어왔고 우리는 한나절도 안 되어 친해졌다.

그때는 우리가 무슨 이야기를 나눴는지 잘 모르겠다. 단지 룬투가 성에 와서 이제껏 몰랐던 것들을 많이 보았다고 무척 즐거워했던 기억만 남아 있다.

다음 날 내가 새를 잡으러 가자고 졸랐다. 그러자 그 애는 이렇게 말했다.

"안 돼. 눈이 많이 와야 할 수 있어. 모래사장에 덮인 눈을 싹 쓸고 나서, 짧은 막대에 긴 줄을 매달고 큰 대나무 광주리를 받쳐 둬. 광주리 안에는 곡식 낟알들을 뿌려 놓는 거야. 멀리서 줄을 잡고 지켜보고 있다가 새가 와서 낟알을 먹으면 줄을 잡아당기는 거지. 그러면 새는 광주리 안에 갇히게 돼. 별의별 새가 다 잡혀. 물새, 꿩, 산비둘기, 팔색조……."

그래서 나는 눈이 오기만을 손꼽아 기다렸다.

룬투는 내게 이런 말도 했다.

"여름에 우리 마을에 놀러 와. 우리는 낮엔 바닷가에 가서 조개껍데기를 주워. 빨간 것도 있고 파란 것도 있고, 귀신 쫓기 조개, 부처님 손 조개도 있어. 밤에는 아빠랑 수박밭에 나가 수박을 지켜. 나중에 너도 가자."

"도둑이 있어?"

"아니. 길 가던 사람이 목이 말라서 수박 하나 따 먹는 것 정도는 훔친 걸로 안 쳐. 우리 마을에서는 그래. 문제는 두더지나 고슴도치, 오소리 같은 거야. 달이 떴을 때 어디서 사각사각 소리가 나면 그건 오소리가 수박을 갉아먹고 있는 거야. 그럴 때는 작살을 쥐고 살금살금 다가가서는……."

그때 나는 오소리가 어떤 짐승인지 전혀 몰랐다. 어쩐지 조그만 개처럼 생긴 영악스러운 동물일 거라는 느낌이 들었다.

"그놈은 물지 않아?"

"작살이 있잖아. 오소리를 발견하면 바로 찔러야 해. 오소리는 굉장히 영리해서 사람 쪽으로 달려들어서 가랑이 사이로 빠져나가 버리거든. 그놈의 털은 굉장히 미끄러워서……."

나는 세상에 그렇게 신기한 일이 많은 줄은 꿈에도 몰랐다. 바닷가에 갖가지 색깔의 조개껍데기가 있고, 수박에 그렇게 위험한 사연이 있다니! 나는 수박은 그냥 과일 가게에서 파는 것인 줄만 알았다.

"우리 마을 백사장에 밀물이 밀려오면 날치 떼가 펄떡펄떡 뛰어오르거든. 걔들은 개구리처럼 다리가 두 개야."

아, 룬투는 내 주변의 다른 친구들은 전혀 모르는 신기한 일들을 가슴속에 무궁무진하게 간직하고 있었다. 룬투가 바닷가에 있을 때 나와 내 친구들은 마당에 둘러친 높은 담장 안에서 네모난 하늘만 보고 있었던 것이다.

정월이 지나자 룬투는 집으로 돌아가야 했다. 나는 엉엉 울었다. 그 애도 부엌에 숨어서 울며 집으로 돌아가려고 하지 않았다. 하지만 결국 자기 아버지에게 끌려가고 말았다.

나중에 그 애는 자기 아버지를 통해 나에게 조개껍데기 한 꾸러미와 예쁜 새 깃털을 몇 개 보내 주었다. 나도 한두 번 선물을 보냈지만 그 뒤로 다시 만나지는 못했다.

어머니가 그 애 이야기를 꺼내자 번개처럼 어린 시절의 기억이 전부 되살아났다. 마치 나의 아름다운 고향을 찾은 듯했다.

나는 어머니에게 물었다.

"그것참, 잘됐네요. 그 애는…… 어떻게 지내요?"

"걔? …… 걔 형편도 여의치가 않아……."

어머니는 말하면서 밖을 슬쩍 보았다.

"그 사람들이 또 왔구나. 가구를 산다면서 멋대로 물건을 집어 가더라. 내가 나가 봐야겠다."

어머니는 일어나서 밖으로 나갔다. 문밖에서 여자들의 말소리가 들렸다. 나는 훙얼을 가까이 불러 말을 걸었다. 먼저 글자를 쓸 줄 아는지, 다른 지역에 가서 살고 싶은지 물었다.

"기차 타고 가요?"

"기차 타고 가지."

"배는요?"

"먼저 배를 타고……."

그때 갑자기 날카로운 목소리가 귀를 찔렀다.

"와, 이렇게 변했네! 수염도 나고!"

나는 놀라서 얼른 고개를 들었다. 광대뼈가 불거지고 입술이 얇은, 쉰 살 정도 되어 보이는 여자가 내 앞에 서 있었다. 양손을 허리에 대고 바지를 입은 채 두 다리를 벌린 모습이 꼭 가늘고 기다란 컴퍼스 같았다. 나는 어안이 벙벙했다.

"나, 모르겠어? 내가 안아 주기도 했는데!"

나는 더욱더 어안이 벙벙해졌다. 다행히 어머니가 들어와 옆에서 이렇게 말했다.

"네가 외지 생활을 오래 해서 다 까먹었나 보구나. 그래도 기억이 날 텐데……. 길 건너 사시는 양 씨 아주머니야, 두부 가게 하시던…….”

아, 기억이 났다. 길 건너 두부 가게에는 양 씨 아주머니라는 사람이 하루 종일 앉아 있었다. 사람들은 그녀를 '두부 미녀'라고 불렀다. 하지만 그때는 하얀 분을 바르고 있었다. 광대뼈도 이렇게 튀어나오지 않았고 입술도 얇지 않았다. 더구나 하루 종일 앉아 있던 탓에 이런 컴퍼스 같은 자세를 본 적이 없었다.

사람들은 그녀 덕분에 두부 가게가 잘된다고 말하곤 했다. 그러나 그때 나는 워낙 어려서 그다지 예쁘다는 인상을 받지 못했고, 결국 까맣게 잊어버리고 말았다. 그런데 컴퍼스 아주머니는 그게 불만인지 깔보는 표정을 지었다. 마치 프랑스 사람이 나폴레옹을 모르거나 미국 사람이 워싱턴을 모르는 것과 같다는 듯 차갑게 웃으며 말했다.

"까먹었단 말이지? 정말 귀하신 분은 눈이 높다니까."

"그럴 리가요……, 저는…….”

"그럼 내가 한마디 하지. 도련님은 부자가 됐으니까 이런 낡고 무거운 가구들을 옮기려면 거추장스럽지? 게다가 가지고 간들 뭐에 쓰겠어? 그냥 내가 가져가게 해 줘. 우리 같은 가난뱅이한테는 쓸모가 있으니까."

"저는 부자가 아닙니다. 이걸 팔아 딴 데 써야 하는데…….”

"아이고, 고관이 됐다면서 부자가 아니라고? 첩이 셋이나 되고 여덟 사람이 드는 가마를 타고 다니면서 부자가 아니라고?

나를 속일 생각은 하지도 말라고."

나는 뭐라고 할 말이 없어 묵묵히 서 있기만 했다.

"나 참, 돈 많은 사람이 더 지독하다니깐. 더 지독해……."

컴퍼스 아주머니는 화를 내며 홱 돌아서더니 투덜거리며 느릿느릿 밖으로 걸어 나갔다. 그러면서 어머니의 장갑을 자기의 허리춤에 찔러 넣고 가 버렸다.

그 후에도 근처에 사는 친척들이 나를 보러 왔다. 나는 대접을 하면서 틈틈이 내 짐을 꾸렸다. 그렇게 사나흘이 지나갔다.

매섭게 추운 어느 날 오후, 점심을 먹고 차를 마시며 앉아 있는데 밖에서 인기척이 들렸다. 나는 그를 보자마자 화들짝 놀라서 벌떡 일어났다.

집에 온 사람은 룬투였다. 나는 첫눈에 그를 알아보았지만 내 기억 속의 룬투가 아니었다. 키가 두 배쯤 자랐고, 보랏빛 둥근 얼굴은 누렇게 변한 데다 주름살까지 깊게 파여 있었다. 눈도 자기 아버지처럼 가장자리가 붉게 부어올라 있었다.

바닷가에서 농사를 짓는 사람은 온종일 바닷바람을 맞는 탓에 대개 그렇다는 것을 나도 알고 있었다. 그는 너덜너덜한 털모자를 쓰고 아주 얇은 솜옷 한 벌만 걸친 채 온몸을 부들부들 떨고 있었다. 그리고 손에는 종이 꾸러미 하나와 긴 담뱃대를 들고 있었다. 그 손도 내 기억 속의 빨갛고 둥글게 살이 오른 손이 아니었다. 굵고 투박하며 금이 가고 터져서 마치 소나무 껍질처럼 갈라져 있었다.

나는 무척 흥분했지만 뭐라고 말을 해야 할지 몰랐다.

"아, 룬투…… 왔어?"

이어서 수많은 말들이 꿰어 놓은 구슬같이 줄줄이 나오려 했다. 꿩, 날치, 조개, 오소리……. 그러나 뭔가에 가로막힌 듯 머릿속에서만 맴돌고 입 밖으로 나오지 않았다.

우두커니 서 있는 그의 얼굴에서 기쁨과 슬픔이 교차했다. 입술을 달싹였지만 그 역시 아무런 소리를 내지 못했다. 결국 그는 공손한 자세를 취하더니 또박또박한 말투로 입을 열었다.

"나리!"

나는 소름이 훅 끼쳤다. 슬프게도 우리 사이에 이미 높디높은 장벽이 생겨 버렸다는 것을 깨달았다. 나는 아무 말도 하지 못했다.

그가 뒤를 돌아보며 말했다.

"수이성아, 나리께 인사드려라."

그는 자기 뒤에 숨어 있던 남자아이를 앞으로 끌어냈다. 그 애는 딱 이십 년 전의 룬투였다. 단지 조금 더 여위고 목에 은목걸이가 없을 뿐이었다.

"다섯째 아이입니다. 세상 경험이 없어 부끄러움을 좀 타네요."

어머니와 훙얼이 위층에서 내려왔다. 인기척을 들은 모양이었다.

"마님, 편지 잘 받았습니다. 나리가 오신다는 걸 알고 얼마나 기쁘던지…….."

룬투의 말에 어머니가 기뻐하며 말했다.

"아니, 왜 이렇게 딱딱하게 구나? 옛날에 둘은 너나 하고 부르지 않았나? 그냥 옛날처럼 쉰아, 이렇게 부르게."

"아유, 마님도 참……. 그래서는 안 되지요. 그때는 어려서 철이 없었습니다."

이렇게 말하며 룬투는 다시 수이성을 불러 인사를 시켰지만 그 아이는 수줍음을 타며 제 아비 등에 바짝 달라붙었다.

"얘가 수이성인가? 다섯째? 모두 낯선 사람이니 부끄러움을 타는 것도 당연하지. 차라리 훙얼과 나가서 노는 게 나을 거야."

이 말을 듣자마자 훙얼이 수이성에게 손짓을 했고, 수이성은 금세 기분이 좋아져 함께 밖으로 나갔다.

어머니는 룬투에게 의자에 앉으라고 했다. 룬투는 잠시 망설이다가 의자에 앉았다. 담뱃대를 탁자에 기대 놓고는 종이 꾸러미를 내밀었다.

"겨울에는 별로 드릴 만한 게 없네요. 이건 저희 집에서 청대콩을 말린 건데 좀 드셔 보십시오, 나리……."

나는 그에게 사는 형편을 물었다. 그는 고개를 저으며 말했다.

"아주 어렵습니다. 일곱째 아이까지 나와서 일을 거들고 있지만, 그래도 먹고살기가 힘들군요. 또 세상이 워낙 뒤숭숭해서……. 일정한 규정도 없이 여기저기서 돈을 뜯어 가는 데다 농사도 시원치 않습니다. 수확을 해서 내다 팔아도 세금 몇 번 내고 나면 본전도 찾기 힘들지요. 그렇다고 내다 팔지 않으면 썩을 뿐이니까…….”

그는 또 고개를 저었다. 얼굴 곳곳에 파인 주름살들이 전혀 움직이지 않아서 꼭 석상처럼 보였다. 느끼는 건 괴로움뿐이라 표현할 방법이 없었던 것일까. 그는 잠시 침묵을 지키더니 담뱃대를 들고 뻑뻑 피우기 시작했다.

어머니가 물어보니 집안일이 바빠서 다음 날 바로 돌아가야 한다고 했다. 아직 점심도 먹지 못했다고 해서 직접 부엌에 가 손수 밥을 볶아 먹게 했다.

그가 나가자 어머니와 나는 그의 어려운 처지를 걱정하며 한숨을 지었다. 많은 자식들과 흉년, 가혹한 세금, 군인들, 도적들, 관리들, 지주들이 그를 괴롭히다 못해 목석처럼 무감각하게 만들어 버렸다. 어머니는 내게 가져갈 필요가 없는 물건은 모두 그에게 주어 골라서 가져가게 하자고 했다.

오후에 그는 몇 가지 물건을 골랐다. 긴 탁자 두 개와 의자 네 개, 그리고 향로와 촛대, 저울이었다. 그는 재도 필요하다면서— 우리 마을에서는 짚을 태워 밥을 짓는데, 타고 남은 재를 모래사장의 거름으로 썼다.— 전부 달라고 했다. 우리가 떠나는 날 다시 와서 배로 실어 가겠다고 했다.

밤에 우리는 또 이런저런 이야기를 나눴다. 모두 가벼운 이야기였다. 이튿날 아침, 그는 수이성을 데리고 돌아갔다.

그리고 아흐레가 지나 우리가 떠나는 날이 되었다. 룬투는 아침 일찍 왔다. 이번에는 수이성 대신 다섯 살배기 딸아이를 데려와 배를 지키게 했다. 우리는 하루 종일 바쁘게 움직이느라 이야기를 나눌 틈이 없었다. 손님도 적지 않았다. 배웅 온 사람도 있었고, 물건을 가지러 온 사람도 있었고, 배웅도 하고 물건도 가지러 온 사람도 있었다. 날이 저물 무렵에 우리가 배에 올랐을 때, 우리 집의 크고 작은 물건들은 전부 사라지고 없었다.

우리가 탄 배가 앞으로 나아갔다. 양쪽 강기슭의 푸른 산들은 황혼 속에서 모두 짙은 보라색으로 물들며 하나하나 배 뒤로 사라졌다. 훙얼과 나는 선창에 몸을 기대어 바깥의 어렴풋한 풍경을 바라보고 있었다. 갑자기 훙얼이 내게 물었다.

"큰아버지, 우리 언제 돌아와요?"

"아직 떠나지도 않았는데 왜 돌아올 생각부터 하니?"

"수이성이 나보고 자기 집에 놀러 오라고 했는데……."

훙얼은 크고 까만 눈을 뜬 채 멍하니 생각에 잠겼다.

나와 어머니도 조금 서글펐다. 훙얼의 말에 우리는 또 룬투 이야기를 했다. 어머니는 두부 가게 양 씨 아주머니가 우리 집이 짐을 싸기 시작한 날부터 매일 꼬박꼬박 집에 들렀는데, 그저께 잿더미 속에서 그릇과 접시를 열 몇 개나 찾아냈다고 했다. 이리저리 따진 끝에 우리는 룬투가 그것을 묻어 두었다고 결론 내렸다. 재를 실어 갈 때 같이 가져가려고 했을 것이다.

양 씨 아주머니는 그 일을 알아낸 건 자기의 공이라면서 구기살('개 약 올리기'라는 뜻―옮긴이)―우리 마을에서 닭을 칠 때 쓰는 도구다. 나무판 위에 우리를 치고 그 안에 모이를 넣어 두면, 닭은 목을 길게 뻗어 쪼아 먹을 수 있지만 개는 그럴 수가 없어 그저 속만 태운다.―을 챙겨 줄행랑을 쳤다. 전족(옛날 중국에서 어렸을 때부터 여자의 발을 헝겊으로 꽁꽁 묶던 풍습―옮긴이)한 발로 어떻게 그렇듯 빨리 뛰나 싶었다고 했다.

옛집이 내게서 더 멀어졌다. 고향의 자연도 점점 멀어졌다. 하지만 나는 아무런 미련이 없었다. 단지 보이지 않는 높은 담이 사방에 둘러쳐져 외톨이가 되는 것 같아 무척 답답했다. 수박밭 한가운데 선 은목걸이를 한 작은 영웅의 모습도 갑자기 희미해져 슬프기 그지없었다.

어머니와 훙얼은 잠이 들었다.

나도 자리에 누웠다. 배 밑바닥에 철썩철썩 부딪히는 물소리를 들으면서 나는 나의 길을 가고 있다는 것을 깨달았다. 비록 나와 룬투가 서로 이렇게까지 멀어졌어도 우리의 후손들은 여전히 하나로 이어져 있다는 생각도 들었다. 지금 훙얼은 수이성을 보고 싶어 하지 않는가.

나는 그 애들이 더 이상 나 같지 않기를, 나아가 모든 사람들이 서로 단절되지 않기를 바란다. 하지만 아이들이 하나가 되기 위해 나처럼 외로움에 뒤척이는 것은 바라지 않는다. 룬투처럼 괴로움에 지쳐 마비되는 것도, 다른 사람들처럼 괴로워하며 난폭해지는 것도 바라지 않는다. 아이들은 새로운 삶을 살아야 한다. 우리는 경험해 보지 못한 삶을!

나는 희망이라는 것을 떠올리다가 별안간 무서워졌다. 룬투가 향로와 촛대를 달라고 했을 때 나는 속으로 그를 비웃었다. 그가 여전히 우상을 숭배한다고 생각했기 때문이다. 언제쯤이나 그런 걸 잊을까 한심해하기도 했다. 하지만 지금 내가 생각한 희망 역시 내가 만든 우상이 아닌가? 단지 룬투의 소망은 현실에 가까이 향한 것이고, 나의 소망은 먼 미래를 향한 것이라는 차이가 있을 뿐.

몽롱한 의식 속에서 눈앞에 바닷가의 초록색 수박밭이 펼쳐졌다. 검푸른 하늘에는 황금색 보름달이 걸려 있었다.

희망은 본래 있다고도, 없다고도 할 수 없다는 생각이 들었다. 그것은 땅 위의 길과도 같다. 사실 땅 위에는 본래 길이 없었다. 걸어가는 사람이 많아지면 그게 곧 길이 되는 것이다.

1921년 1월

제 5 편
아Q 정전

제1장 머리말

나는 꽤 오래전부터 아Q에 관한 정전(正傳, 바르게 적은 전기—옮긴이)을 쓸 작정이었다. 하지만 쓰려고 할 때마다 자꾸 망설여졌다. 어찌 보면 이게 다 내가 훌륭한 문장가는 아니라는 증거이리라.

예로부터 훌륭한 사람에 관한 글은 훌륭한 문장가가 다루어 왔다. 그렇게 사람은 글을 통해 전해지고 글은 사람을 통해 전해져서 대체 무엇이 무엇을 통해 전해지는지 애매해진다. 아무튼 이리저리 헤매다가 끝내 아Q에 관해 쓰기로 작정했으니 귀신에 씐 것이 아니고 무엇이겠는가.

하지만 금세 잊히고 말 글일지언정 쓰려고 보니 곤란한 것이 한두 가지가 아니었다. 첫째는 글의 제목이 문제였다. 공자는 "이름이 바르지 않으면 말이 순조롭지 못하다."라고 했다. 이는 애초부터 무척 주의를 기울여야 할 부분이다.

전기를 이루는 형식은 퍽 많다. 열전(중국 역사 속에 따로 기재된 위인들의 전기—옮긴이), 자서전, 내전(신선이 주인공인 고대 소설의 일종—옮긴이), 외전(내전에서 빠진 부분을 따로 기록한 전기—옮긴이), 별전(열전 이외에 재미있는 일화를 기록한 전기—옮긴이), 가전(가문에 일어난 사건들을 적은 기록—옮긴이), 소전(줄여서 간략하게 적은 전기—옮긴이) 등이 있지만 안타깝게도 어느 것 하나 이 글에 딱 들어맞지가 않는다.

이 글을 '열전'이라 하자니 수많은 위인들과 함께 정식 역사 속에 들지 못하며, '자서전'이라 하자니 나는 아Q가 아니다. 또 '외전'이라고 하면 '내전'은 어디 있단 말인가? '내전'이라는 이름도 아Q가 신선이 아니므로 쓰지 못한다.

그렇다고 '별전'도 옳지 않다. 총통의 명령을 받아 국사편찬위원회가 아Q의 '열전'을 쓴 적이 없지 않은가. 문호 찰스 디킨스가 영국 역사에 '로드니 스톤 열전'이 없음에도《로드니 스톤 별전》을 지었지만《로드니 스톤》은 디킨스가 아니라 코넌 도일의 작품이다. 나중에 루쉰은 이것이 자신의 착오였다고 인정했다.—옮긴이) 그야 문호이니 가능했던 일이지 나 같은 사람은 그럴 재간이 없다.

그다음은 '가전'인데, 내가 아Q와 친척인지 아닌지도 모를뿐더러 그의 자손에게서 글을 부탁받은 일도 없다. '소전' 역시 아Q에게 달리 '대전(빠짐없이 집대성한 전기—옮긴이)'이 없으므로 적당하지 않다. 결국 이 글은 '본전(기본이 되는 전기—옮긴이)'인 셈이지만 나는 길거리 장사치나 쓰는 속된 말을 사용하므로 감히 그 이름을 쓸 수 있겠는가.

그러니 평범하게 '정전'이라는 두 글자를 따서 이름으로 삼는다. 이 이름 또한 옛사람이 편찬한 《서예 정전》의 '정전(이때는 정확하게 가르침을 전수한다는 뜻—옮긴이)'과 혼동되긴 하지만 그것까지 신경 쓸 겨를이 없다.

둘째, 전기를 쓸 때 첫머리에 "아무개는 자(字)가 무엇이고, 어디 사람이다."라고 시작하는 게 예사이다. 그런데 나는 아Q의 성조차 모른다. 언젠가는 그가 자오 씨인 줄 알았는데 이튿날이 되자 긴가민가해졌다.

자오 나리의 아들이 수재가 되었다는 소식이 요란한 징 소리와 함께 마을에 전해졌을 때였다. 아Q는 자기에게도 영광스러운 일이라며 술 두 사발을 들이켜고 덩실덩실 춤을 추었다. 말인즉슨 자기가 자오 어르신과 같은 집안 출신인 데다, 자세히 따져 보면 그 아들보다 세 항렬이나 높다는 것이었다. 옆에서 이 말을 들은 몇 사람은 엄숙하게 예의를 표시했다. 그런데 이튿날 지보(지방 마을의 치안을 담당하던 자치 경찰—옮긴이)가 난데없이 아Q를 불러내 자오 나리의 집으로 끌고 갔다. 자오 나리는 아Q를 보자마자 붉으락푸르락한 얼굴로 꾸짖었다.

"아Q, 이 막돼먹은 놈! 네놈이 나와 한집안이라고 했겠다?"

아Q는 꿀 먹은 벙어리가 되었다. 자오 나리는 점점 더 화가 치밀어서 몇 발자국 뛰어나오며 소리쳤다.

"감히 막말을 하다니! 어떻게 너 같은 놈이 나와 친척이란 말이냐? 네가 자오 씨더냐?"

아Q는 조용히 뒤로 물러나려 했지만 자오 나리가 펄쩍 달려들어 따귀를 갈겼다.

"네가 어떻게 자오 씨란 말이냐? 그게 가당키나 한 소리냐!"

아Q는 자기가 정말 자오 씨라고 항변하지 못했다. 그저 왼쪽 뺨을 어루만지며 지보와 함께 물러 나왔다. 밖에 나와서도 지보에게 한바탕 꾸지람을 듣고서 사죄하는 뜻으로 술값 이백 문을 바쳐야 했다.

이 일을 전해 들은 사람들은 아Q가 물정 모르고 터무니없이 까불다가 매를 자초했다고, 또 그는 아마 자오 씨가 아닐 것이며, 설령 자오 씨라 해도 자오 나리가 사는 이곳에서는 그런 허튼소리를 해서는 안 된다고 입을 모았다. 그 뒤로는 아무도 아Q의 성씨 문제를 들먹이지 않았다. 그래서 나는 결국 그의 성이 무엇인지 알아내지 못했다.

셋째, 나는 아Q의 이름을 어떻게 적는지도 모른다. 그가 살아 있었을 때는 다들 그를 '아꾸이'라고 불렀고, 죽은 뒤에는 더 이상 그의 이름을 부를 일이 없었으며, 당연히 그에 관해 아무런 기록도 남기지 않았다. 그에 관한 기록이라고 하면 이 글이 처음인 셈이니, 내가 이런 난관을 만난 것이다.

일찍이 나는 '아꾸이'가 '아꾸이[阿桂]'일지, 아니면 '아꾸이[阿貴]'일지(중국어에서 '桂'와 '貴'는 모두 '꾸이'라고 읽는다.―옮긴이) 곰곰이 생각해 본 적이 있다.

만약 그의 호가 '월정(月亭)'이거나 생일이 8월이라면 달과 관계가 있으니 '아꾸이[阿桂]'가 맞을 것이다. ('桂'는 월계수, 즉 달에서 자란다는 상상의 나무를 가리킨다.―옮긴이) 하지만 그는 호가 없었을 뿐만 아니라―있었는데 아무도 알지 못했던 것인지도 모른다.―생일이라고 초대장을 돌린 적도 없으니 제멋대로 '아꾸이[阿桂]'라고 적는 건 옳지 않다.

또한 그에게 '아푸[阿富]'라는 형이나 동생이 있었다면 '아꾸이[阿貴]'가 맞겠지만('富'와 '貴'는 '부유하다'와 '부귀하다'는 뜻이어서 서로 어울리는 글자이다.―옮긴이) 그는 혈혈단신이었다. 그러니 '아꾸이'라고 적는 것도 근거가 없다.

이것 말고도 역시 '꾸이'라고 읽는 낯선 글자들은 더욱 어울리지 않는다. 예전에 자오 나리의 아들에게 물어보기도 했는데 뜻밖에 그런 박식한 사람도 뭐라고 답을 하지 못했다. 다만 천두슈(중국의 사상가이자 혁명가―옮긴이)가 《신청년》이라는 잡지를 만들어 한자 대신 서양의 알파벳을 쓰자고 제창하는 바람에 전통문화가 무너져 버려 알아볼 방도가 없다고 딱 잘라 말했다.

나는 마지막 수단으로 고향 사람에게 '아꾸이'라는 이름과 관련된 사건이 있는지 수사 기록을 찾아봐 달라고 부탁했다. 이에 대한 답이 여덟 달 만에 날아왔는데, 그 어떤 자료에도 아꾸이와 발음이 비슷한 이름조차 없다는 것이다. 정말 없는지, 아니면 그가 조사를 안 했는지는 알 수 없지만 더 이상 알아볼 방법이 없었다.

어쩔 수 없이 알파벳을 이용해 '꾸이'를 'Quei'라고 쓰고 이를 줄여 'Q'라고 하기로 한다. 《신청년》의 주장을 무작정 따르는 것 같아 좀 민망하긴 하지만, 수재도 모르는 마당에 나라고 달리 뾰족한 방법이 있을 리 없지 않은가.

넷째는 아Q의 본적이다. 그가 자오 씨라면 요즘 관례에 따라 이 성씨가 고대에 위세를 떨쳤던 지역 이름을 따서 "룽시 톈슈이 사람이다."라고 할 터였다. 하지만 안타깝게도 그의 성씨가 자오인지 별로 믿을 만하지 못해서 본적도 정할 수가 없다. 그가 웨이쫭 마을에 오래 살기는 했지만 다른 곳에서도 살았기 때문에 딱히 웨이쫭 마을 사람이라고도 할 수 없다. 그냥 웨이쫭 마을 사람이라고 한다면 이 또한 역사 기술의 원칙에 어긋나는 것이다.

그나마 내가 위안으로 삼는 것은 '아' 자 하나만은 매우 정확

해서 결코 가짜나 억지가 아니며 무엇보다도 믿을 수 있다는 점이다. 그 나머지는 내 얕은 지식으로 깊이 파고들 수 없으므로 역사를 꼼꼼히 따지기 좋아하는 후스(중국의 사상가이자 교육가―옮긴이) 선생의 제자들이 앞으로 새로운 단서를 많이 찾아주기를 바랄 뿐이다. 하지만 그때가 되면 나의 이 《아Q 정전》은 이미 사라지고 없을지도 모른다.

이상이 이 글의 머리말이라고 할 수 있겠다.

제2장 승리의 기록

아Q는 성과 이름, 본적만 불확실한 게 아니라 과거 행적도 확실하지 않았다. 웨이좡 마을 사람들은 그를 놀리거나 일만 시켰지 그의 행적에는 무관심했다. 아Q 자신도 별달리 말한 적이 없었다. 다만 다른 사람과 말다툼할 때 간혹 눈을 부라리며 이렇게 말하곤 했다.

"옛날에 나는…… 너보다 훨씬 잘살았어! 네까짓 게 뭐라고 감히!"

아Q는 집이 없어서 웨이좡 마을에 있는 사당에서 살았다. 마땅히 직업도 없어서 남의 집에서 보리를 벨 때는 보리를 베고, 쌀을 찧을 때는 쌀을 찧고, 배를 저을 때는 배를 저으며 입에 풀칠을 했다. 일하는 기간이 조금 길 때면 잠시 주인집에 묵기도 했지만 일이 끝나면 바로 떠났다.

　사람들은 바쁠 때면 아Q를 떠올렸지만 그저 일꾼으로 떠올린 것이지 그가 어디서 뭘 하고 있는지 따위는 관심도 없었다. 더구나 한가해지면 금세 그를 까맣게 잊어버렸으니 그의 '행적'을 알기란 불가능한 일이었다. 다만 언젠가 한 노인이 "아Q는 정말 일을 잘해!"라고 칭찬을 했다. 그때 아Q는 웃통을 벗은 채 그 노인 앞에 서 있었다. 다른 사람들은 노인의 말이 진심인지 빈정거리는 것인지 긴가민가해했지만 아Q는 꽤 기뻐했다.

　아Q는 또 자존심이 강해서 웨이좡 사람들 모두를 무시했다. 심지어 수재 시험을 준비하는 두 선비도 우습게 여겼다. 두 선비는 장차 수재가 될 사람들이었다. 자오 나리와 첸 어르신이 마을 사람들의 존경을 받는 것은 돈이 많다는 것 말고도 둘 다 선비의 아버지였기 때문이다. 그런데 아Q는 존경을 표하기는커녕 속으로 '내 아들은 훨씬 더 훌륭한 인물이 될 수 있어!'라고 생각했다.

　더구나 성안에 몇 번 다녀온 뒤로 아Q의 콧대는 하늘 높은 줄 모르고 높아만 갔다. 하지만 그는 성안 사람들도 몹시 경멸했다. 이를테면 일 미터 길이의 널빤지로 만든 걸상을 웨이좡 사람들은 '긴 걸상'이라고 부르고 아Q 역시 그렇게 불렀는데, 성안 사람들은 '쪽걸상'이라고 부른다는 거였다. 이를 두고 그는 "쪽걸상이라니! 말도 안 돼."라며 콧방귀를 뀌었다. 또 대구를 기름에 지질 때 웨이좡 마을에서는 파를 십오 센티미터 길이로 썰어 위에 얹고, 성안 사람들은 가늘고 잘게 썰어 얹었다. 이를 두고도 그는 "이건 아니지. 웃기는군!"이라고 말했다. 하지만 웨이좡 마을 사람들이야말로 세상 물정이라곤 눈곱만큼도 모르는 시골뜨기들인지라 성안의 생선 지짐 같은 건 본 적도 없었다!

아Q는 '옛날에는 떵떵거리며 살았고', 아는 것도 많은 데다 '일도 정말 잘해서' '흠잡을 데가 거의 없는 사람'이었다. 하지만 안타깝게도 그는 신체적인 결점이 몇 가지 있었다. 그중 가장 큰 고민거리는 언제 생겼는지도 모르는 머리의 부스럼 자국이었다. 아무리 자기 몸에 있는 것이라 해도 그것만큼은 귀하다고 여길 수 없는 모양이었다. 아Q는 누가 부스럼을 연상시키는 말만 꺼내도 그 사람이 일부러 그랬든 모르고 그랬든 부스럼 자국이 벌겋게 될 때까지 화를 냈다. 상대편을 재 보고서 말주변이 없는 사람 같으면 욕을 퍼부었고 힘이 없는 사람 같으면 주먹을 휘둘렀다. 하지만 어떻게 된 일인지 도리어 아Q가 손해를 보는 경우가 더 많았다. 그래서 그는 차츰 방법을 바꾸어, 화난 눈으로 매섭게 노려보았다.

아Q가 노려볼 때마다 웨이좡 마을의 건달들은 더 심하게 그를 놀려 댔다. 마주치기만 하면 짐짓 놀란 시늉을 하며 이렇게 말했다.

"이야, 갑자기 밝아졌네!"

그러면 아Q는 여느 때처럼 눈초리를 매섭게 하고서 노려보았다. 하지만 그들은 조금도 겁내지 않았다.
"방범등이 원래 여기에 있었군그래!"
아Q는 어쩔 줄 모르고 복수의 말을 궁리할 뿐이었다.
"네까짓 놈들이 감히 내 상대나 될 줄 아냐? 내……."
그 순간 그는 자신의 머리에 있는 것이 보통 부스럼이 아니라 고상하고 영광스러운 것처럼 느껴졌다. 하지만 앞에서 말했듯이 아Q는 식견이 있는 사람인지라 곧 제 입으로 부스럼을 언급할 뻔했음을 깨닫고는 입을 꾹 다물었다.
하지만 건달들은 거기서 그치지 않았다. 계속 아Q에게 집적거리다가 급기야 때리기까지 했다. 겉보기에는 아Q가 언제나 졌다. 건달들은 아Q의 누런 변발(청나라 때 남자들이 뒷부분만 남기고 나머지 부분을 깎아 뒤로 길게 땋아 늘어뜨린 머리―옮긴이)을 손아귀에 휘감고서 담벼락에 그의 머리를 네다섯 번 쿵쿵 찧었다. 그러고 나서야 건달들은 만족해서 의기양양하게 돌아갔다. 아Q는 그 자리에 잠시 서서 속으로 생각했다.
'아들한테 맞은 꼴이군. 요즘 세상은 정말 엉망진창이라니까.'
아Q는 이렇게 중얼거리고는 의기양양하게 돌아갔다.
아Q는 이런 자신의 생각을 숨기지 않고 사람들에게 떠들고 다녔다. 그래서 그를 놀렸던 사람들은 대부분 그에게 일종의 정신적인 승리법이 있다는 것을 알게 되었다. 그 뒤로 건달들은 그의 변발을 휘어잡을 때마다 먼저 이렇게 말해 두곤 했다.

"아Q, 이건 아들이 아비를 때리는 게 아니야. 사람이 짐승을 때리는 거라고. 자, 말해 봐. 사람이 짐승을 때린다, 라고!"

아Q는 두 손으로 변발을 붙들고 목을 이리저리 비틀며 소리쳤다.

"아이고, 버러지 죽네. 나는 버러지라고! 그러니까 놔줘."

이렇게까지 말해도 건달들은 쉽사리 놓아주지 않고 전처럼 가까운 곳 아무 데나 그의 머리를 대여섯 번 쿵쿵 찧고 나서야 만족해서 의기양양하게 자리를 떴다. 그들은 아Q가 이번에야말로 혼쭐이 났을 거라고 생각했다. 하지만 아Q는 채 십 초도 되지 않아 만족스러운 표정으로 활짝 웃었다.

그는 자기가 '자기 경멸의 일인자'라고 생각했다. 이 말에서 '자기 경멸'을 빼면 나머지는 '일인자'가 아닌가? 따지고 보면 장원 급제자와 마찬가지로 '일인자'였다.

"제깟 것들이 뭐 잘났다고!"

이런 절묘한 방법들로 적을 이기고 나면 아Q는 즐겁게 술집으로 달려갔다. 술 몇 사발을 벌컥벌컥 들이켜면서 남들과 왁자지껄 농담을 하고 한바탕 입씨름을 벌여서 이기면 역시 즐겁게 사당으로 돌아가 머리를 처박고 곯아떨어졌다.

아Q는 돈이 생기면 곧장 야바위 노름을 하러 갔다. 땀을 뻘뻘 흘리며 땅바닥에 쭈그려 앉은 사람들 틈을 비집고 들어가 누구보다 큰 소리로 외쳤다.

"청룡에 사백!"

"자……, 뚜껑 엽니다, 열어요."

노름판을 벌인 사람이 뚜껑을 열고 땀을 흘리며 노래를 읊조렸다.

"천문입니다. 텄네요, 텄어. 맞힌 사람이 아무도 없군요. 자, 아Q, 돈을 이리 주게나."

"천당에 백……. 아니, 백오십!"

아Q의 돈은 노랫소리를 따라 어느 결엔가 땀 흘리는 다른 사람들의 호주머니로 옮겨 갔다. 결국 그는 사람들 무리에서 밀려나는 신세가 되었다. 그래도 뒤에 서서 남들이 하는 노름을 구경하다가 자리가 끝나고서야 아쉬워하며 사당으로 돌아갔다. 이튿날 그는 퉁퉁 부은 눈으로 일을 하러 나섰다.

아Q도 노름판에서 딱 한 번 돈을 딴 적이 있었다. 하지만 불행히도 오히려 낭패를 겪게 되었다.

웨이좡 마을에서 제사를 지내는 날 밤이었다. 제삿날 밤에는 연극을 하는 것이 관례인데, 무대 왼쪽 편에는 으레 노름판이 벌어졌다. 연극의 시끄러운 징 소리, 북소리도 아Q의 귀에는 십 리 밖 소리처럼 아득하게 들렸다. 오직 노름판을 연 야바위꾼의 노랫소리만 귓가에 울려 퍼질 뿐이었다. 아Q는 따고 또 땄다. 동전이 작은 은화가 되고 작은 은화가 큰 은화가 되었으며, 나중에는 큰 은화가 수북이 쌓였다. 그는 마냥 신이 났다.

"천문에 은화 두 냥!"

갑자기 욕설과 때리는 소리, 발걸음 소리가 뒤엉켜 야단법석이었다. 아Q는 누가 무슨 일로 싸우는지도 몰랐다. 그가 겨우 몸을 일으켰을 때는 노름판도 사람들도 사라진 뒤였다. 몸이 군데군데 욱신거렸다. 주먹과 발에 얻어맞은 것 같았다.

몇 사람이 의아해하며 그를 쳐다보았다. 그는 뭔가 허전한 느낌으로 사당으로 발걸음을 옮겼다. 정신을 차린 뒤에야 자신의 은화가 모조리 사라졌다는 걸 알아차렸다. 그렇다 한들 어쩌랴. 제사 노름판에는 대개 외지 사람이 모이는 터라 은화를 되찾을 방법이 없었다.

눈부시게 반짝이던 하얀 은화들! 그의 것이었는데 감쪽같이 사라져 버렸다! 자식이 가져간 셈 치려 했지만 그래도 마음이 찜찜했다. 애써 '나는 버러지야.'라고 생각해 보아도 찜찜함은 가시지 않았다. 그는 이번에야말로 패배의 아픔을 느꼈다.

하지만 그는 곧장 패배를 승리로 바꾸었다. 오른손으로 자기 뺨을 연달아 두 대 후려갈긴 것이었다. 뺨이 얼얼하게 아파 왔다. 그러고 나니 마음이 한결 가라앉았다. 마치 때린 사람은 자기 자신이고 맞은 사람은 다른 사람인 것 같았다. 얼마 뒤에는 확실히 자기가 다른 사람을 때린 듯한 기분마저 들었다. 여전히 뺨이 얼얼하기는 했지만, 그는 만족스런 기분으로 의기양양하게 벌렁 드러누웠다. 그러다 곧 잠이 들었다.

제3장 승리의 기록 속편

아Q는 늘 이런 식으로 승리를 거두었지만 정작 그런 승리가 유명해진 것은 자오 나리에게 따귀를 맞은 뒤였다.

그는 지보에게 술값 이백 문을 바친 뒤 씩씩대며 방에 드러누워 생각에 잠겼다.

'쯧쯧, 요즘은 정말이지 말세라니까. 자식이 아비를 때리질 않나…….'

불쑥 자오 나리의 위엄 있는 풍채가 떠올랐다. 그는 자오 나리가 자기 아들이라는 생각에 사로잡혀 있었다. 그런 생각이 꼬리를 물면서 점점 기가 살아나 자리를 털고 벌떡 일어났다. 그러고는 기세 좋게 〈젊은 과부 성묘 가네〉라는 노래를 부르며 술집으로 갔다. 그때 그는 자오 나리가 다른 사람들보다 훨씬 더 훌륭한 사람이라는 생각이 다시금 들었다.

그런데 이상하게도 자오 나리에게 따귀를 맞고 난 뒤부터 사람들이 부쩍 아Q를 존경하게 되었다. 아Q로서는 자기가 자오 나리의 아버지이니 당연한 일이라고 생각했을지도 모르지만 사실은 그렇지 않았다. 웨이좡 마을에서는 평범한 사람들끼리 서로 손찌검하는 것은 이야깃거리가 되지 않았다. 때린 사람이 자오 나리처럼 유명한 사람이어서 그 덕분에 맞은 사람까지 덩달아 유명해진 것이었다.

이번 일도 아Q에게 잘못이 있다는 것은 두말할 필요가 없었다. 그건 왜일까? 자오 나리 같은 사람이 잘못을 할 리가 없기 때문이었다. 그런데 사람들은 왜 잘못을 저지른 아Q를 각별히 존경하게 된 걸까? 이 질문에 대한 답은 여간 어려운 게 아니다. 그런데 곰곰 따져 보면 아마도 아Q가 자신이 자오 나리와 한집안 사람이라고 했던 말 때문일 것이다. 그 말 때문에 따귀를 맞기는 했지만 사람들은 혹시라도 그게 사실일까 봐 두려운 마음이 들었다. 그래서 조금은 존경해 주는 편이 더 낫겠다고 생각했던 모양이다. 그게 아니라면 공자묘(공자를 모신 사당—옮긴이)에 제물로 바쳐진 소와 마찬가지 이유일 것이다. 비록 소는 돼지나 양 같은 짐승이지만 지체 높은 사람이 젓가락을 댔으므로 선비든 누구든 감히 건드리지 못하는 것이다.

그 뒤로 아Q는 여러 해 거들먹거리며 지냈다.

어느 해 봄, 그는 술에 취해 길을 가다가 담벼락 아래 양지에서 웃통을 벗고 이를 잡고 있는 왕털보를 보았다. 아Q는 갑자기 자기도 몸이 스멀거리는 것 같았다. 왕털보는 부스럼도 있고 수염도 텁수룩해서 다들 그를 '왕라이후(중국어로 '라이'는 부스럼, '후'는 수염을 뜻한다.—옮긴이)'라고 불렀다. 하지만 아Q는 그냥 '왕털보'라고 부르며 그를 무척 멸시했다. 아Q의 생각으로는 부스럼은 별로 이상할 게 없지만 뺨에 난 구레나룻만은 너무나 괴상해서 눈에 거슬렸다. 아Q는 그 옆에 나란히 앉았다. 다른 사람들이었다면 그렇게 함부로 옆에 앉지는 못했을 것이다. 하지만 아Q는 왕털보 옆에 앉는 데 전혀 거리낄 게 없었다. 솔직히 말해 자기가 곁에 앉아 주는 것 자체가 왕털보에게는 큰 영광이라고 생각했다.

아Q도 낡아 빠진 겹저고리를 벗어 쓱 훑어보았다. 새로 빨아서인지, 아니면 꼼꼼하지 못해서인지 한참 만에 겨우 서너 마리를 잡았다. 그런데 왕털보를 보니 한 마리, 또 한 마리, 혹은 두 마리나 세 마리를 입속에 털어 넣고 톡톡 소리를 냈다.

아Q는 처음에는 실망을 했으나 나중에는 심사가 뒤틀렸다. 별것 아닌 왕털보도 이가 그렇게 많은 판국에 자기는 몇 마리뿐이니 도무지 체통이 서지를 않았다. 한두 마리 큰 놈을 잡아서 만회해 보려 했지만 그마저 좀처럼 눈에 띄지 않았다. 가까스로 중간 크기 한 마리를 잡아 못마땅한 기색으로 두꺼운 입술 속에 넣고 질끈 깨물었다. 하지만 톡 소리가 왕털보에 미치지 못했다. 부스럼 자국까지 시뻘게진 아Q는 땅바닥에 옷을 팽개치고는 칵 침을 뱉었다.

"이 털 버러지 같은 놈!"

"뭐? 비루먹은 개가 누굴 욕하는 거야?"

왕털보가 경멸스럽다는 듯 두 눈을 치켜뜨며 받아쳤다.

그즈음 아Q는 사람들에게 다소 존경도 받고 스스로도 더 오만해져 있었다. 비록 싸우는 데 이력이 난 건달들 앞에서야 여전히 벌벌 떨었지만 이번만은 부쩍 용기가 났다. 이 수염투성이 자식이 감히 상소리를 하다니!

"누군 누구야, 너지!"

아Q는 일어나서 두 손을 허리에 짚으며 대꾸했다.

"네놈이 뼈다귀가 근질근질한가 보구나?"

왕털보도 일어서더니 옷을 턱 걸치며 말했다. 아Q는 그가 달아나려는 줄 알고 선뜻 나서며 주먹을 날렸다. 하지만 그 주먹은 상대의 몸에 닿기도 전에 붙잡혔다. 왕털보가 주먹을 잡아당기자 아Q는 비틀비틀 끌려갔다. 이어 속절없이 변발을 휘어잡혔다. 그리고 여느 때처럼 담벼락에 머리를 짓찧고야 말았다.

"군자는 말로 하지 손을 쓰지 않아!"

아Q는 머리를 비틀며 말했다. 하지만 왕털보는 군자가 아닌 모양이었다. 막무가내로 아Q의 머리를 연달아 다섯 번이나 벽에 찧은 뒤 홱 밀쳐 버렸다. 그렇게 아Q가 이 미터 밖으로 나가떨어지고 나서야 만족한 듯 가 버렸다.

아Q의 기억에 그것은 일생에서 첫 번째 굴욕이었다. 왜냐하면 왕털보는 괴상한 구레나룻이 있다는 약점 때문에 줄곧 아Q에게 경멸을 받았지만 아Q가 경멸을 당한 적은 없었다. 게다가 손찌검을 한 적은 더욱 없었기 때문이다. 그런 그가 지금 아Q

에게 손찌검을 하다니 마른하늘에 날벼락이 아닐 수 없었다. 설마 저잣거리에 떠도는 소문대로 황제가 과거 제도를 폐지해서 더 이상 수재도, 거인도 필요 없게 된 걸까? 그래서 자오 집안의 위풍도 쪼그라들고, 마을 사람들이 자기까지 깔보게 된 걸까?

아Q는 어쩔 줄 모르고 우두커니 서 있었다.

그때 멀리서 누군가가 걸어왔다. 그의 적수가 또 나타났다. 아Q가 매우 혐오하는 사람인데 바로 첸 어르신의 큰아들이었다. 그는 예전에 성안에 있는 서양식 학교에 다녔는데 어찌 된 일인지 일본으로 건너갔다가 반년 만에 돌아왔다. 그런데 세상에! 그는 서양 사람처럼 다리를 곧게 펴고 걷는 것도 모자라 변발도 어디론가 사라지고 없었다.

그 모습을 보고 그의 어머니는 열 번 넘게 대성통곡을 했고, 그의 아내는 우물에 세 번이나 뛰어들었다. 나중에 그의 어머니는 "아, 글쎄, 나쁜 사람이 술을 진탕 먹여 놓고 변발을 잘라 갔다는구먼. 본래 고관이 될 수 있었는데, 이제 머리카락이 다 자랄 때까지 기다려야지 어쩌겠는가."라고 여기저기 떠들고 다녔다. 하지만 아Q는 그 말을 믿지 않고 한사코 그를 '가짜 양놈'이라고 불렀다. 그뿐 아니라 그를 볼 때면 어김없이 속으로 욕을 퍼부었다.

아Q가 더더욱 깊이 증오하고 몹시 원통해했던 것은 그의 가짜 변발이었다. 가짜 변발이라니! 인간으로서 자격을 갖추지 못한 게 분명했다. 그의 아내도 네 번째로 우물에 뛰어들지 않은 걸 보면 훌륭한 여자는 못 되었다.

이런 가짜 양놈이 점점 가까이 다가오고 있었다.

"중대가리 노새 같은 놈……."

아Q는 지금껏 속으로만 욕을 하고 입 밖으로 소리내지는 않았는데, 마침 화가 나 있었던 데다 분풀이를 하고 싶은 마음에 자기도 모르게 나직이 내뱉었다.

그런데 뜻밖에도 그 중대가리가 노란 칠을 한 지팡이를 들고 성큼성큼 다가왔다. 순간 아Q는 매 맞을 걸 직감하고서 얼른 몸을 움츠리고 어깨를 잔뜩 추어올린 채 기다렸다. 아니나 다를까, 정말로 딱 하고 머리에 지팡이가 날아들었다.

"쟤한테 그런 거라고요!"

아Q는 근처에 있던 한 아이를 가리키며 변명했다.

딱! 딱딱!

아Q의 기억에 그건 아마도 일생의 두 번째 굴욕이라 할 만했다. 그나마 다행인 건, 딱딱 소리로 일을 마무리 지은 것 같아 오히려 마음이 후련해졌다. 더욱이 '망각'이라는, 조상 대대로 전해 온 보물도 효력을 발휘하여, 천천히 걸어 술집 앞에 도착했을 때에는 이미 기분이 좋아진 상태였다.

맞은편에서 정수암의 젊은 비구니가 걸어왔다. 아Q는 평소에도 그녀와 마주치면 이단이라며 욕설을 퍼붓곤 했는데 굴욕을 당한 직후인 지금, 어떻게 그냥 넘어가겠는가. 그래서 그는 기억을 돌이키며 적개심을 일으켰다.

'옳아, 오늘 왜 이렇게 재수가 없나 했더니 바로 저년 때문이로구나!'

이런 생각을 하면서 그는 대뜸 앞으로 나아가 요란하게 침을 뱉었다.

"카악, 퉤!"

비구니는 거들떠보지도 않고 고개를 숙인 채 걷기만 했다. 아Q는 바짝 다가가서 방금 민 듯 파릇한 그녀의 머리를 쓰다듬으며 헤벌쭉 웃었다.

"이봐, 까까대머리! 빨리 돌아가. 중놈이 너를 기다리고 있으니까……."

"왜 애먼 사람에게 집적거리는 거야……."

비구니는 얼굴이 새빨개져서 대꾸하고는 걸음을 재촉했다.

술집에 있던 사람들이 박장대소했다. 아Q는 괜히 우쭐해져서 더욱 신바람이 났다.

"중놈은 집적거려도 되고 나는 안 된다는 거야?"

이번에는 비구니의 볼살을 꼬집으며 놀렸다.

술집에 있던 사람들이 왁자지껄하게 웃어 댔다. 한층 기세등등해진 아Q는 구경꾼들을 만족시키려고 다시 한번 비구니의 볼살을 힘껏 비튼 뒤에야 놓아주었다.

그는 이것으로 왕털보도, 가짜 양놈도 잊고 오늘 당한 재수 없는 일들에 죄다 복수를 한 기분이 들었다. 더욱이 이상한 건 딱딱 소리가 난 뒤보다 온몸이 더 홀가분해져서 훨훨 날아갈 것만 같았다.
"아Q, 이 대가 끊길 놈아!"
멀리서 비구니의 울음 섞인 목소리가 들려왔다.
"와하하!"
아Q는 한껏 득의양양하게 웃었다.
"와하하!"
술집에 있던 사람들도 함께 요란하게 웃어 댔다.

제4장 연애의 비극

누군가 말하길, 어떤 승자는 적이 호랑이나 매처럼 강했을 때 승리의 환희를 느끼고, 반대로 적이 양이나 병아리처럼 약하면 이기고도 허무함을 느낀다고 했다. 또 어떤 승자는 모든 것을 제압해서 죽을 사람은 죽고 항복할 사람은 항복하여 더 이상 적도 상대도 친구도 없어지면 오히려 외롭고 처량하게 승리의 비애를 느낀다고 했다. 그러나 우리의 아Q는 그렇게 연약하지 않았다. 그는 언제나 의기양양했다. 아마 이 역시 중국의 정신문명이 세계 제일임을 보여 주는 증거일지도 모르겠다.

보라, 그는 당장이라도 훨훨 날아갈 것 같지 않은가!

하지만 이번 승리는 그를 약간 이상하게 만들었다. 그는 한참을 들뜬 기분으로 돌아다니다가 사당에 들어섰다. 늘 그랬듯이 벌렁 드러누워 바로 코를 골아야 마땅했다. 그런데 그날 밤에는 웬일인지 눈을 붙이기가 어려웠다. 더구나 엄지손가락과 집게손가락이 이상스럽게도 평소보다 조금 미끈거리는 듯했다. 젊은 비구니의 얼굴에서 뭔가 미끈거리는 게 묻은 건지, 아니면 그 비구니의 얼굴을 만지다 손가락이 닳은 건지 긴가민가했다.

"아Q, 이 대가 끊길 놈아!"

아Q의 귀에 비구니가 퍼부은 그 말이 다시 들렸다. 그는 속으로 생각했다.

'여자가 하나 있어야 해. 대가 끊기면 내가 저승에서 밥 한 그릇 못 얻어먹을 텐데. 밥 한 그릇이라도 바칠 자식이 있어야겠어. 그러려면 여자가 하나 있어야 해.'

무릇 "불효에는 세 가지가 있는데, 자식 없는 게 가장 큰 불효이다."라는 말도 있고, "후손이 없는 귀신은 굶주린다."라는 말도 있으니, 대가 끊기는 일은 실로 인생의 큰 불행임에는 틀림이 없었다. 따라서 아Q의 생각은 당연한 것이긴 하나, 문제는 여자가 있어야 한다는 생각에 지나치게 사로잡힌 나머지, 그 마음을 스스로 추스르지 못하게 되어 버린 것이 안타까울 따름이었다.

'여자, 여자!'

그는 생각했다.

'……중놈도 집적이는데……. 여자, 여자, 여자!'

그는 또 생각했다.

그날 밤 아Q가 언제 비로소 코를 골기 시작했는지는 잘 모르겠다. 아무튼 그때부터 그는 늘 손가락 끝이 조금 미끈거린다고 느꼈고, 그럴 때마다 조금 들뜬 기분으로 "여자, 여자……." 하고 중얼대며 생각에 빠져들곤 했다.

이것이 바로 여자가 위험한 존재라는 걸 증명하는 셈이다. 중국 남자들은 본래 대부분 위대한 인물이 될 수 있었는데, 안타깝게도 전부 여자 때문에 망쳐 버렸다. 상나라는 달기(상나라 마지막 왕인 주왕의 애첩. 중국 역사상 가장 음란하고 잔인한 여자로 꼽힌다.―옮긴이) 때문에 망했고, 주나라는 포사(중국 서주의 마지막 왕인 유왕의 애첩. 포사에게 흠뻑 빠진 유왕은 그녀를 웃기려고 거짓으로 봉화를 올려 제후와 군사들을 놀라게 했다.―옮긴이) 때문에 망했으며, 또 진나라는…… 역사에 정확한 내용이 드러나지는 않았지만 역시 여자 때문에 망했다고 해도 아주 틀리지는 않을 것이다. 동탁도 확실히 초선에게 해를 입어 죽지 않았는가.

아Q도 본래 올바른 사람이었다. 일찍이 어떤 훌륭한 스승에게 가르침을 받았는지는 몰라도 '남녀유별'에는 특히나 엄격했고, 이단―비구니와 가짜 양놈 같은 이들―을 배척하는 기상도 강했다. 그의 주장에 따르면, 무릇 비구니는 반드시 중과 정을 통하기 마련이고, 여자가 바깥을 돌아다니는 건 분명 외간 남자를 꾀려는 속셈이며, 남자와 여자가 이야기를 나누면 틀림없이 무슨 수작을 벌이려는 것이었다. 아Q는 그런 사람들을 응징하기 위해 종종 눈을 부라리거나 큰 소리로 꾸짖거나 뒤에서 돌멩이를 던졌다.

이런 그가 '이립(《논어》에서 자신의 학문이 서른 살에 스스로 섰다고 한 공자의 말에서 유래한 것으로, 지금은 서른 살의 대명사로 쓰인다.—옮긴이)'의 나이에 이르러 젊은 비구니 때문에 마음이 싱숭생숭해질 줄은 꿈에도 몰랐다. 이렇게 들뜬 정신 상태는 유교의 도덕규범으로는 용납되지 않는 것이었다. 이래서 여자는 위험천만한 존재라는 것이다. 비구니의 얼굴이 미끈거리지만 않았어도, 혹은 비구니가 얼굴을 천으로 가리고만 있었어도 아Q가 이처럼 정신을 빼앗기지 않았을 테니 말이다.

오륙 년 전에 아Q는 창극을 보려고 모인 인파 속에서 한 여자의 허벅지를 슬그머니 만진 적이 있었다. 그땐 그저 바지 위로 만졌기 때문인지 마음이 들뜨지 않았다. 하지만 젊은 비구니는 얼굴을 가리지 않아 살갗에 손이 바로 닿는 바람에 아Q의 마음을 뒤흔들었다. 이로써 이단의 가증스러움을 보여 준 것이기도 하다.

'여자란……'

아Q는 생각했다.

그는 '외간 남자를 꾀려는 속셈'을 가진 여자들을 항상 유심히 살폈지만 자기를 보고 웃는 여자는 없었다. 다른 남자와 이야기하는 여자에게도 유심히 귀를 기울였지만 무슨 수작 같은 걸 입에 담는 여자는 없었다. 아, 이것도 여자의 가증스러운 점이다. 그 여자들은 전부 정숙한 척했던 것이다.

어느 날 아Q는 자오 나리 집에서 하루 종일 쌀을 찧고 저녁을 먹은 뒤 부엌에 앉아 담뱃대를 물었다. 다른 집에서 같으면 저녁을 먹고 돌아가는 게 보통이지만 자오 나리의 집은 저녁 식사가 일렀다. 또 등불을 켜지 못하게 하기 위해 모든 식구가 식사 후에는 바로 잠자리에 들도록 했다. 물론 가끔 예외도 있었다. 첫째, 자오 나리의 아들은 수재가 되기 위해 책을 읽어야 했으므로 등불 켜는 걸 허락했다. 둘째, 아Q가 품을 파는 날에는 쌀을 찧기 위해 등불 켜는 걸 허락했다. 그날은 등불이 켜 있었다. 아Q는 쌀을 찧기 전에 부엌에 앉아 담배를 피웠다.

마침 자오 나리 집의 유일한 여자 하인인 우 씨 아줌마가 설거지를 끝내고 긴 걸상에 걸터앉아 아Q에게 잡담을 건넸다.

"마님이 며칠 동안 식사를 안 하셨어. 어르신이 어린 첩을 들이시려나 본데······."

'여자······, 우 씨 아줌마······. 그러고 보니 젊은 과부였네.'

아Q는 생각했다.

"아씨가 8월에 아기를 낳을 거래……."

'여자…….'

아Q는 또 생각했다.

아Q는 담뱃대를 내려놓고 일어섰다.

"우리 아씨가 말이야……."

우 씨 아줌마가 계속 조잘거렸다.

"너하고 잘 거야. 너하고 잘 거라고!"

아Q는 급히 다가가 우 씨 앞에 무릎을 꿇었다.

잠시 적막이 흘렀다.

"에구머니!"

우 씨 아줌마는 잠깐 넋을 잃고 있다가 갑자기 부들부들 떨더니 비명을 지르며 밖으로 뛰쳐나갔다. 그녀는 뛰어가며 소리를 질러 댔다. 그러다 나중에는 울먹이기까지 했다.

덩그러니 벽을 마주하고서 멍하니 무릎을 꿇고 있던 아Q는 두 손으로 걸상을 짚고 천천히 일어섰다. 아무래도 뭔가 잘못된 듯싶었다. 그제야 안절부절못하며 황황히 허리띠에 담뱃대를 꽂고는 쌀을 찧으러 가려고 했다. 순간, 뭐가 굵직한 것이 머리에 떨어지며 탁 소리를 냈다. 뒤를 돌아보니 수재가 큰 대나무 막대기를 들고서 앞을 딱 가로막고 있었다.

"이 고얀 놈 같으니……, 이런 고얀!"

대나무 막대기가 또 그를 내리쳤다. 아Q는 잽싸게 손으로 머리를 감쌌다. 그 바람에 손가락 마디에 일격이 가해져 무척이나 아팠다. 그대로 부엌문을 뛰쳐나왔지만 등도 한 대 얻어맞은 것 같았다.

"왕빠딴(중국 표준어인 북방어로, 북쪽 지방에서 흔히 쓰이는 욕─옮긴이)!"

수재가 뒤통수에 대고 표준어로 욕을 했다.

아Q는 방앗간으로 뛰어들어 혼자 멀거니 서 있었다. 손가락이 몹시 아픈 데다, '왕빠딴'이라는 말이 귓가에서 떠나지 않았다. 그 말은 웨이쫭의 시골 사람들은 전혀 쓰는 법이 없었고 관청의 높은 분들이나 쓰는 것이어서 특별히 더 매섭게 가슴에 새겨졌다. 그 바람에 머릿속에서 여자 생각이 싹 사라졌다. 매를 맞은 데다 욕까지 먹고 나니, 어느새 근심이 싹 가셔서 바로 쌀을 찧기 시작했다. 한참 쌀을 찧던 아Q는 몸이 더워져서 일을 멈추고 웃옷을 벗었다.

그때 바깥에서 시끄러운 소리가 들렸다. 아Q는 뭐든 구경하는 걸 좋아했기 때문에 소리나는 곳으로 득달같이 달려갔다. 그렇게 도착한 곳은 자오 나리가 거처하는 안뜰이었다. 저물녘이었음에도 많은 사람들이 모여 있었다. 요 며칠 식사를 못 했다는 마님도 있었고, 이웃의 쩌우치댁도 있었고, 자오 집안의 사람인 자오바이옌과 자오쓰천도 와 있었다.

때마침 수재의 아내가 우 씨 아줌마를 잡아끌며 방에서 나오고 있었다.

"자, 두려워하지 말고 밖으로 나가자고. 자네가 뭘 잘못했다고 숨어?"

"자네가 몸가짐이 바른 사람이라는 걸 누가 모른대? 그러니 자살 같은 건 꿈도 꾸지 말게."

쩌우치댁도 옆에서 거들었다.

우 씨 아줌마가 계속 울면서 뭐라고 말했지만 잘 들리지 않았다. 아Q는 속으로 생각했다.

'흥, 웃기네. 저 젊은 과부가 무슨 짓을 저지른 거야?'

아Q는 무슨 일인지 알아볼 요량으로 자오쓰천 옆으로 다가갔다. 순간, 수재가 아Q에게 달려들었다. 수재의 손에는 여전히 큰 대나무 막대기가 들려 있었다. 그 대나무 막대기를 보자마자 아Q는 아까 매를 맞은 일과 지금 이 소란이 관계 있다는 걸 번뜩 깨달았다. 얼른 몸을 돌려 방앗간으로 돌아가려 했지만 뜻밖에도 대나무 막대기에 길이 막혀 버렸다. 잽싸게 몸을 돌려 달렸다. 그러다 보니 자연히 뒷문으로 빠져나왔고, 얼마 뒤 사당 안에 있게 되었다.

아Q는 잠시 앉아 있었다. 그러고 있자니 추위서 몸에 소름이 돋았다. 아무리 봄이라 해도 밤에는 꽤 쌀쌀해서 웃통을 벗고 있기에는 아직 일렀다. 자오 나리 집에 무명 저고리를 벗어 두고 온 게 생각나긴 했지만, 가지러 가기에는 수재의 대나무 막대기가 너무 무서웠다. 그때 지보가 사당 안으로 들어왔다.

"이 후레자식! 자오 씨 댁 하인까지 희롱하다니. 네가 정말 하극상이라도 하려던 참이냐? 덩달아 나까지 불려 다니게 하고, 이런 개 같은!"

이러쿵저러쿵, 한바탕 꾸지람이 한밤중까지 이어졌다. 아Q는 당연히 아무 말도 못 했다. 결국 아Q는 평소보다 두 배로 뛴 사백 문의 술값을 지보에게 줘야 했다. 하지만 아Q에게는 돈이 없었으므로 모자를 저당잡혔다. 덧붙여 아래 다섯 가지 조항에 약조까지 해야 했다.

> 첫째, 다음 날 붉은 초 한 쌍과 향 한 봉지를 가지고 자오 나리에게 가서 사죄한다.
> 둘째, 자오 나리 집에서 도사를 불러 잡귀를 쫓는 굿을 할 것이니 그 비용을 모두 부담한다.
> 셋째, 앞으로 자오 나리 집의 출입을 금지한다.
> 넷째, 나중에라도 우 씨 아줌마에게 불상사가 생기면 책임진다.
> 다섯째, 쌀 찧은 품삯과 두고 나온 무명 저고리를 달라고 요구하지 않는다.

싫든 좋든 아Q는 모든 조건을 받아들일 수밖에 없는 처지였다. 하지만 안타깝게도 돈이 없었다. 다행히 봄이 와서 솜이불은 없어도 되겠기에 그걸 이천 문에 저당잡혀 간신히 약조를 지켰다. 그러고 보니 뜻밖에도 몇 문이 남았다. 그는 저당잡힌 모자를 찾는 대신 그 돈으로 몽땅 술을 마셔 버렸다.

자오 나리는 아Q가 가져온 향과 초를 불공 드릴 때 쓸 거라며 한쪽에 놔두었다. 아Q의 해진 무명 저고리는 수재의 아내가 8월에 낳을 아기의 기저귀가 되었고, 자투리는 우 씨 아줌마의 신발 밑창이 되었다.

제5장 생계 문제

아Q는 사죄를 마치고 다시 사당으로 돌아갔다. 해가 지면서 세상이 점점 야릇하게 느껴졌다. 곰곰 생각에 잠겨 있던 아Q는 마침내 그 이유를 깨달았다. 웃통을 벗고 있어서였다. 해진 겹저고리가 남아 있다는 게 생각나서 그것을 몸에 걸치고 누웠다. 그가 다시 눈을 떴을 때는 이미 해가 서쪽 담장 위를 비추고 있었다. 그는 일어나 앉으면서 "이런, 빌어먹을!" 하고 욕을 내뱉었다.

그는 예전처럼 거리를 쏘다녔다. 웃통을 벗고 있을 때처럼 살을 에는 느낌은 아니었지만 왠지 또 세상이 점점 야릇하게 느껴졌다. 바로 그날부터 웨이쫭 마을의 여자들이 갑자기 부끄러움을 타고 아Q만 보면 몸을 피해 집 안으로 숨어 버렸다. 심지어 오십 줄에 접어든 쩌우치댁마저 남들이 하는 대로 황급히 숨으며 열한 살짜리 딸을 안으로 불러들였다. 아Q는 하도 이상해서 이런 생각까지 들었다.

'이것들이 갑자기 요조숙녀 행세를 하네그려. 창녀들 같으니라고······.'

그런데 며칠 뒤, 그는 세상이 더욱 괴상하게 느껴졌다. 첫째, 술집에서 외상을 주지 않았다. 둘째, 사당을 관리하는 늙은이가 객쩍은 소리를 늘어놓는 것이 자기를 쫓아내려는 의도인 듯했다. 셋째, 며칠째인지는 잘 모르겠지만 확실히 꽤 여러 날 날품을 주겠다는 사람이 없었다.

술집에서 외상을 안 주는 건 참고 넘어갈 수 있었다. 늙은이가 나가라고 하는 것도 그냥 흘려들으며 혼자 구시렁거리게 두면 그만이었다. 하지만 날품을 맡기는 사람이 없으면 밥을 굶게 되므로 그건 정말 '빌어먹을' 일이었다.

참기 힘들어진 아Q는 할 수 없이 단골집을 일일이 찾아다녔다. 물론 자오 나리의 집 문턱만은 넘을 수가 없었다. 그런데 눈치가 이상했다. 집집마다 남자가 나와서는 귀찮다는 표정으로 거지를 쫓듯 손사래를 쳤다.

"아, 없다니까! 없으니 얼른 꺼져 버려!"

아Q는 더욱더 괴상해서 머리를 굴려 보았다.

'계속 일손이 필요한 집들인데 왜 갑자기 일감이 없다는 거지? 뭔가가 있는 게 틀림없어.'

이리저리 주의 깊게 물어보고 다닌 결과, 마을 사람들이 샤오디를 불러 일을 시킨다는 걸 알아냈다. 샤오디란 녀석은 가난뱅이에 비쩍 마른 데다 허약해서 아Q의 눈에는 왕털보보다도 한수 아래였다. 그런 녀석에게 밥그릇을 빼앗길 줄 누가 알았겠는가. 그래서 아Q는 다른 때보다 더 화가 치밀었다. 씩씩대며 걸어가다 불쑥 손을 치켜들며 노래를 읊조렸다.

"이 손으로 쇠채찍을 들어 너를 치겠노라!"(루쉰의 고향인 사오싱 지역의 노래극 〈용과 호랑이의 싸움〉에 나오는 송나라 태조 조광윤의 대사—옮긴이)

며칠 뒤 아Q는 첸 씨네 집 담벼락 앞에서 우연히 샤오디를 만났다. 원수는 서로를 알아본다고, 아Q가 다가서자 샤오디도 걸음을 멈추었다.

"이런 짐승 같으니!"

아Q는 눈을 부라리며 쏘아붙였다. 입가에서 침이 튀었다.

"나는 버러지야. 그럼 됐지?"

샤오디가 받아쳤다.

그런 식의 겸손은 아Q의 속을 더 뒤집어 놓았다. 하지만 손에 쇠채찍이 없었기 때문에 몸을 날려 샤오디의 변발을 거머쥐었다. 샤오디도 이에 질세라 한 손으로 자신의 변발 아랫부분을 붙잡고서 다른 한 손으로 아Q의 변발을 움켜잡았다. 아Q 역시 남은 한 손으로 자신의 변발 아랫부분을 붙들었다. 예전 같으면 샤오디쯤은 문제도 없었을 테지만 요즘 아Q는 배를 곯아 힘이 달렸다. 결국 아Q는 샤오디와 막상막하가 되어 버렸다. 네 개의 손이 머리채 두 개를 쥐고서 허리를 뒤로 쭉 빼고 있었다. 둘 다 파란 옷을 입고 있어, 첸 씨네 집 회벽에 파란색 무지개 모양이 만들어졌다. 그 무지개는 반 시간 남짓이나 떠 있었다.

"됐어, 됐다니까!"

구경꾼들이 말했다. 싸움을 말리는 것 같았다.

"좋구나, 좋아!"

구경꾼들이 또 말했다. 싸움을 그만하라는 건지, 잘한다고 칭찬하는 건지, 더 하라고 부채질하는 건지 도무지 갈피를 잡을 수 없었다.

하지만 어차피 두 사람은 그 말을 듣지 않았다. 아Q가 세 발짝 앞으로 나아가면 샤오디가 세 발짝 뒤로 물러나 우뚝 멈추어 섰고, 샤오디가 세 발짝 앞으로 나아가면 아Q가 세 발짝 뒤로 물러나 우뚝 멈추어 섰다. 이런 형국으로 삼십 분쯤 지났을까? 웨이좡 마을에는 시계가 없어서 정확히 말하기 어려웠다. 어쩌면 이십 분이었는지도 모른다. 두 사람의 머리에서 김이 모락모락 피어오르고 이마에는 땀이 흘렀다. 아Q가 먼저 손을 풀자 샤오디도 곧바로 손을 풀었다. 그들은 몸을 곧추세우더니 동시에 뒤로 물러나 사람들 틈으로 비집고 들어갔다.

"두고 보자, 이 개자식……."

아Q가 돌아보며 말했다.

"개자식, 두고 보자······."

샤오디도 돌아보며 말했다.

'용과 호랑이의 싸움'은 승부가 나지 않은 듯했다. 구경꾼들도 이렇다 저렇다 말이 없어서 그 싸움에 만족했는지 어쨌는지 알 수 없었다. 하지만 여전히 아Q에게 날품을 주겠다는 사람은 단 한 명도 없었다.

어느 따스한 날이었다. 산들바람이 불어 제법 여름 분위기가 나는데도 아Q는 춥기만 했다. 하지만 그건 어떻게든 감당할 만했다. 가장 큰 문제는 배고픔이었다. 솜이불, 모자, 무명 저고리는 진작 없어졌고 결국 솜저고리마저 팔았다. 지금 입고 있는 바지만은 무슨 일이 있어도 벗을 수 없었다. 다 해진 겉저고리가 있긴 하나 신발 밑창으로 쓰라고 거저 준다면 모를까 팔기는 좀 무엇했다.

그는 길에서 돈을 줍는 상상도 해 보았지만 그런 행운은 없었다. 문득 지금 지내고 있는 다 쓰러져 가는 사당에서 돈을 주울 수 있을까 싶어 황황히 사방을 둘러보았지만 텅 빈 집은 말끔하기만 했다. 하는 수 없이 밖으로 나가 음식을 구하기로 마음먹었다.

단골 술집도 눈에 띄고 낯익은 만두 가게도 눈에 띄었지만 그냥 다 지나쳐 버렸다. 그 앞에서 걸음을 멈추지도 않았고 뭔가를 달라고 하지도 않았다. 자기가 원하는 게 뭔지 아Q 자신도 잘 몰랐다.

웨이좡은 큰 마을이 아니어서 얼마 걷지 않아 마을 끝에 다다랐다. 마을 밖은 대부분 논이라 새로 모내기한 벼로 온통 파릇파릇했다. 그 사이사이에 둥그렇고 까만 점 몇 개가 움직였다. 농사일을 하는 농부들이었다. 아Q는 그런 전원 풍경은 아랑곳하지 않고 내처 걷기만 했다. 이런 풍경에서 먹을거리를 구걸하기가 쉽지 않다는 걸 직감적으로 알았기 때문이다. 결국 그는 정수암 담장 앞까지 갔다.

암자 주위도 죄다 파르스름한 논이어서 흰 담장이 두드러졌다. 뒤편의 낮은 토담 안쪽은 채소밭이었다. 아Q는 잠깐 망설이다가 사방을 둘러보았다. 아무도 없었다. 그는 곧장 낮은 담장을 기어올라 하수오 줄기에 매달렸다. 순간, 담장 흙이 후드득 떨어져 다리가 후들거렸다. 어찌어찌해서 뽕나무 가지에 올라가 담장 안쪽으로 뛰어내렸다. 정말로 초목이 무성한 곳이었지만 술과 만두 같은 먹을거리는 없는 듯했다. 서쪽 담 가까이는 대나무 숲이어서 그 아래에 죽순이 많았지만 안타깝게도 삶은 게 아니었다. 그리고 유채는 일찌감치 씨를 배었고 갓은 곧 꽃이 피려 했으며 봄동도 먹기에는 이미 뒤늦은 상태였다.

아Q는 과거에 낙방한 유생처럼 애통해하며 느릿느릿 채소밭 입구 쪽으로 걸어갔다. 그러다가 갑자기 뛸 듯이 기뻐했다. 무밭이 있었던 것이다. 그는 앞뒤 가리지 않고 쪼그려 앉아 무를 뽑았다. 그때 문틈으로 불쑥 둥그런 머리 하나가 나오다가 바로 움츠러들었다. 젊은 비구니가 틀림없었다.

아Q는 본래 비구니들을 경멸했지만 세상사란 모름지기 한 발짝 뒤로 물러나야 할 때도 있는 법! 그래서 허겁지겁 무 네 뿌리를 뽑아 시퍼런 무청을 떼어 낸 뒤 앞섶에 넣었다. 하지만 이미 늦었다. 어느새 늙은 비구니가 옆에 와 있었다.

"나무아미타불. 아Q, 어째서 암자 채소밭에 숨어 들어와 무를 훔치는 게냐! 네가 죄를 짓는구나……, 나무아미타불…….〞

"내가 무슨 무를 훔쳤다고 그래?"

아Q는 힐끔거리며 뒷걸음질하면서 말했다.

"지금…… 그건 뭐냐?"

늙은 비구니가 아Q의 불룩한 앞섶을 가리켰다.

"이게 당신 거야? 증거 있어? 당신이 부르면 무가 대답이라도 해? 당신…….〞

아Q는 말을 채 끝맺기도 전에 걸음아 날 살려라 달아났다. 크고 투실투실한 검둥개 한 마리가 쫓아왔다. 본래 앞문에 있던 놈인데 어쩐 일인지 뒤뜰까지 와 있었다. 검둥개가 으르렁거리며 쫓아와 아Q의 다리를 물려는 찰나, 앞섶에서 무 한 개가 털썩 떨어졌다. 그 바람에 검둥개가 놀라 주춤했다. 그 틈을 타 아Q는 뽕나무로 기어오른 뒤 토담을 넘었다. 사람도 무도 담 밖으로 나동그라졌다. 검둥개는 뽕나무를 향해 계속 짖고 있었고 늙은 비구니는 여전히 염불을 외고 있었다.

아Q는 늙은 비구니가 검둥개를 풀어놓을까 봐 겁이 났다. 주섬주섬 무를 주워 들고 얼른 내뺐다. 뛰면서 돌멩이 몇 개를 주웠지만 검둥개는 따라오지 않았다. 아Q는 그제야 돌멩이를 내던지고는 걸어가며 무를 씹어 먹었다. 그러면서 생각했다. 이곳에서는 구할 게 별로 없으니 성으로 가는 편이 낫겠다고.

무 세 개를 전부 먹어 치웠을 때, 그는 성으로 가겠다고 마음을 굳혔다.

제6장 중흥에서 말로까지

웨이좡 마을에 아Q가 다시 나타난 건 그해 추석이 막 지난 뒤였다. 사람들은 화들짝 놀라서 아Q가 돌아왔다고 수군거렸다. 그동안 그가 어디에 있었는지 궁금해하기도 했다. 아Q는 전에도 몇 번 성에 간 적이 있는데, 그때마다 제풀에 신이 나서 떠들어 대곤 했다. 하지만 이번에는 아무 말 없이 사라졌던 것이다.

혹시 사당을 관리하는 늙은이에게는 말했을지 모르지만, 웨이좡 마을 사람들은 자오 나리, 첸 어르신, 그리고 수재가 성에 가는 것만 이야깃거리로 쳤다. 가짜 양놈만 해도 아직 그 축에 들지 못하는데 하물며 아Q는 두말할 나위가 없었다. 사당 늙은

이도 아Q를 대신해 소문을 퍼뜨리지 않았을 테니, 웨이좡 마을 사람들도 전혀 알 길이 없었던 것이다.

그런데 이번에 돌아온 아Q는 예전과 사뭇 달라서 확실히 놀랄 만했다. 저물녘에 졸린 눈으로 술집에 나타나서 계산대로 다가왔는데, 허리춤에서 은화와 동전을 잔뜩 꺼내서 던지며 "돈이야! 술 가져와!"라고 말했다. 새 겉저고리를 입고 허리에는 큼직한 돈주머니를 찼는데 어찌나 묵직한지 허리띠가 축 늘어질 정도였다.

웨이좡 마을 사람들은 조금이라도 눈에 띄는 인물을 보면 푸대접하지 않고 존중했다. 지금 상대가 아Q임이 분명하지만 해진 옷을 입던 예전과는 딴판이어서 "선비는 사흘만 못 봐도 학식과 재주가 눈에 띄게 성장한다."는 옛말이 꼭 들어맞았다. 자연스레 술집 점원과 주인, 손님, 행인 할 것 없이 미심쩍으면서도 존경스럽다는 듯한 태도를 보였다. 주인이 먼저 고개를 끄덕이고는 말을 건넸다.

"아Q, 자네가 돌아왔군!"

"돌아왔지요."

"돈을 많이 번 모양인데, 자네…… 어디에…….″

"성에 갔었지요!"

이튿날 이 소식은 웨이좡 마을 전체에 자자하게 퍼졌다. 사람들은 하나같이 현금을 갖고 새 겉저고리를 입은 아Q의 성공담을 궁금해했다. 그래서 술집에서, 찻집에서, 사당 처마 밑에서 다들 아Q의 말을 엿들으려 했다. 그리하여 아Q는 새로운 경외의 대상이 되었다.

아Q가 말하길, 거인 나리 집에서 일을 했다고 했다. 이 말을 듣고 사람들은 모두 숙연해졌다. 본래 그 나리의 성은 바이 씨인데, 성 전체를 통틀어 거인은 그 혼자였기에 굳이 성을 안 붙여도 거인이라고만 하면 다 알아들었다. 웨이좡 마을에서만 그런 것이 아니라 사방 사십 킬로미터 안에서는 마찬가지여서 거인 나리라고 하면 누구나 그를 가리키는 줄 알았다. 그런 사람의 집에서 일했다는 건 당연히 존경받을 만했다.

그러나 아Q는 불쾌해서 더는 그 집 일을 안 하기로 했다고 했다. 왜냐하면 그 거인 나리가 너무나 '빌어먹을 놈'이라나? 이 말을 듣고 사람들은 통쾌해하는 동시에 탄식했다. 아Q는 애초부터 거인 나리 집에서 일할 자격이 없었지만, 어쨌든 그 집 일을 그만둔 건 아까운 일이었기 때문이다.

아Q 말에 의하면, 자기가 돌아온 건 성안 사람들이 영 마음에 안 차기 때문이라고 했다. 그들은 긴 걸상을 쪽걸상이라 부르고 생선 지짐에 잘게 썬 파를 잔뜩 넣었다. 어디 그뿐인가. 최근에 관찰하여 발견한 문제인데, 여자들이 하나같이 몸을 비비 꼬며 길을 걸었다.

그러나 더러 탄복할 만한 점도 있었다. 예를 들어 웨이좡 마을의 촌놈들은 서른두 개짜리 대나무패 놀음만 할 줄 알고 마작은 가짜 양놈이나 겨우 할 줄 아는데, 성안에서는 아이들도 능숙하게 마작을 한다는 것이었다. 가짜 양놈이라도 성안의 열 몇 살 먹은 애송이에게 걸리면 "염라대왕 앞에 선 귀신 꼴"이 될 거라고 떠벌였다. 이 말을 듣고 사람들은 하나같이 부끄러워하며 얼굴을 붉혔다.

"누구, 목 잘리는 거 본 사람 있어?"

아Q는 말을 이어 나갔다.

"허, 거참 볼 만하더라고. 혁명당을 죽이는데 말이야, 볼 만하더라니까."

그가 설레설레 고개를 젓는데 침방울이 바로 앞에 있던 자오쓰천의 얼굴에 튀었다. 아Q의 말을 듣고 있던 사람들은 곧 두려움에 사로잡혔다. 그런 와중에 아Q는 또 사방을 쓰윽 훑어보더니, 느닷없이 오른손을 치켜들고는 목을 길게 빼고 정신없이 이야기를 듣고 있던 왕털보의 목덜미를 내리치며 섬뜩한 소리를 냈다.

"댕강!"

왕털보는 놀라서 펄쩍 뛰는 동시에 전광석화처럼 목을 움츠렸다. 사람들은 오싹해하면서도 즐거워했다. 이때부터 왕털보는 여러 날을 얼떨떨한 상태로 지냈고, 감히 아Q에게 가까이 가지 못했다. 다른 사람들도 마찬가지였다.

이제 웨이좡 마을 사람들의 눈에 비친 아Q는 그 지위가 감히 자오 나리를 넘어설 수는 없지만 얼추 비슷하다고 해도 과언이 아니었다.

그런데 얼마 지나지 않아 아Q의 명성은 웨이좡 마을의 여인 네들에게까지 퍼지게 되었다. 웨이좡 마을에서는 자오 씨와 쳰 씨만 대갓집이고, 나머지 열에 아홉은 평범한 집이었다. 하지만 그런 집 여자들도 어쨌든 여자인지라 진귀한 물건을 좋아했다. 여자들은 만나기만 하면 쩌우치댁이 헌것이긴 하지만 비단 치 마를 아Q에게 구십 문에 샀다고 수다를 늘어놓았다. 자오바이 옌의 어머니—누구는 자오쓰천의 어머니라고도 하므로 확인이 필요하다.—도 거의 새 것이나 다름없는 붉은 면셔츠를 겨우 삼 백 문에 샀다고 했다.

그래서 여자들은 모두 눈이 빠져라 아Q와 마주치길 고대했다. 비단 치마가 없는 여자는 아Q에게 비단 치마가 있는지 묻고 싶 어 했고, 면셔츠를 원하는 여자는 그에게 면셔츠가 있는지 묻고 싶어 했다. 이제 여자들은 그를 보면 도망가기는커녕, 아Q가 그 냥 지나쳐 가는데도 쫓아가서 불러 세우고 물어보기까지 했다.

"아Q, 비단 치마 또 있어, 없어? 면셔츠도 괜찮은데, 그건 있 는 거야?"

나중에는 이 소문이 여염집 여자들에게서 대갓집 여자들에게 까지 전해졌다. 쩌우치댁이 너무나 자랑스러운 나머지 자기 비단 치마를 마님에게 보여 주었던 것이다. 마님은 이것을 또 자오 나리에게 알리면서 치켜세우기까지 했다.

그러자 자오 나리는 저녁 식사 자리에서 수재와 이야기를 나누고 아Q가 참으로 괴이하니 문단속을 잘해야겠다고 말했다. 그러면서도 아Q의 물건 중에 아직 살 만한 것이 있는지 궁금하다며, 아마도 좋은 게 남아 있을 거라고 했다.

때마침 자오 마님은 싸고 질 좋은 가죽조끼를 사고 싶어 했다. 그래서 가족들은 쩌우치댁을 시켜 아Q를 데려오기로 했다. 이를 위해 세 번째 예외도 새로 마련했다. 이날 밤에는 임시로 등잔불을 켜는 걸 특별히 허락했다.

등잔불이 꽤 탔는데도 아Q는 오지 않았다. 자오 나리 집의 온 가족은 애도 타고 하품도 나왔다. 누구는 아Q가 어딜 그렇게 쏘다니는지 모르겠다고 투덜댔고, 또 누구는 쩌우치댁이 서두르지 않는다고 원망했다. 마님은 아Q가 지난봄에 했던 약속 때문에 감히 못 오는 게 아닌가 걱정하기도 했다. 하지만 자오 나리는 이번에는 자기가 직접 불렀으니 그런 걱정은 할 필요가 없다고 했다. 과연 자오 나리는 식견이 있었다. 드디어 쩌우치댁을 뒤따라 아Q가 들어왔다.

"아유, 자꾸 없다고만 하지 뭐예요. 그래서 제가 직접 찾아뵙고 말씀드리라고 데리고 왔어요. 그래도 똑같은 말만 하기에 저는……."

쩌우치댁이 가쁘게 숨을 몰아쉬며 말했다.

"나리!"

아Q가 웃는 듯 마는 듯 인사를 하고는 처마 밑에 우뚝 섰다.

"아Q, 듣자 하니 네가 외지에서 횡재를 했다더구나."

자오 나리가 느릿느릿 걸어와서 아Q를 위아래로 훑어보며 말을 이었다.

"참 잘된 일이야. 그건 그렇고……, 너한테 헌 물건들이 있다고 하더군. 가져와서 좀 보여 줬으면 하는데……. 다른 뜻이 있는 건 아니야. 내가 원하는 건……."

"쩌우치댁한테 벌써 말했는뎁쇼. 다 팔렸습니다."

"다 팔렸다고?"

자오 나리가 엉겁결에 물었다.

"어떻게 그렇듯 빨리 동이 났단 말이냐?"

"제 것이 아니라 친구 물건인 데다 본래 많지 않았습니다. 사람들이 다 사 가는 바람에……."

"그래도 조금은 남아 있겠지."

"달랑 문발 한 장 남았습죠."

"그럼 그 문발이라도 좀 가져와서 보여 주게."

마님이 허둥지둥 말했다.

"내일 가져오면 되겠군."

자오 나리는 조금 시들해져서 말했다.

"아Q, 앞으로 무슨 물건이 생기거든 우리한테 맨 먼저 가져다 보이게."

"다른 집보다 값을 후하게 쳐주면 주었지, 덜하진 않을 걸세!"

수재가 끼어들었다. 수재의 아내는 얼른 아Q의 얼굴을 살폈다. 마음이 동했는지 확인하려는 것이었다.

"난 가죽조끼가 필요하네."

마님이 말했다.

아Q는 그러마고 대답했다. 하지만 느릿느릿 걸어 나가는 품이, 지금껏 들은 말을 마음에 새기기나 했는지 도무지 종잡을 수 없게 만들었다. 자오 나리는 실망도 하고 화도 나고 걱정도 되어 하품이 뚝 그쳐 버렸다. 수재도 아Q의 태도를 불쾌히 여기며 한마디 했다.

"저런 개자식은 경계해야 해요. 아니면 지보를 시켜 웨이좡 마을에 발을 못 붙이게 하든가요."

하지만 자오 나리는 생각이 달랐다.

"그러면 원한을 품을지도 모른다. 하물며 저런 일을 하는 자는 대개 자기가 사는 곳에서는 몸을 사리는 법이니 우리 마을은 걱정할 것 없다. 그냥 밤에 문단속만 잘하면 되느니라."

이 말을 듣자 수재는 고개를 끄덕이고는 아Q를 내쫓자는 제안을 당장 거두어들였다. 쩌우치댁에게도 다른 사람한테 절대로 자기 말을 옮기면 안 된다고 단단히 일렀다.

다음 날 쩌우치댁은 남색 치마에 검정 물을 들이러 가서 아Q가 미심쩍다고 떠들어 댔다. 수재가 그를 마을에서 쫓아내려 했다는 말은 입에 담지 않았다. 하지만 이미 그것만으로도 아Q에게 불리한 상황이 벌어졌다.

먼저 지보가 찾아와서 그의 문발을 빼앗았다. 아Q가 자오 나리에게 보여 줄 물건이라고 말했는데도 돌려주지 않았다. 심지어 다달이 자기한테 바칠 돈까지 정하려 했다. 그다음에는 아Q에게 존경을 표하던 마을 사람들의 태도가 달라졌다. 아직까지는 함부로 대하지 않았지만 그를 멀리하려는 기색이 역력했다. 그 기색은 전에 그에게 '댕강!' 하는 짓을 당할까 봐 피하던 때와도 사뭇 달랐다. '존경하면서 멀리하는' 면이 있었다.

오직 마을의 건달 몇 명만이 끝까지 아Q의 비밀을 캤다. 아Q도 굳이 숨기려 들지 않았다. 아니, 오히려 자랑스럽게 자신의 경험을 털어놓았다. 그제야 건달들은 그가 담을 넘지도 못하고 구멍으로 들어가지도 못한 채 구멍 밖에 서 있다가 물건을 건네받는 좀도둑이었음을 알게 되었다.

어느 날 밤, 두목이 보따리 하나를 그에게 건넨 뒤 다시 들어갔는데, 얼마 지나지 않아 성안이 왁자지껄하게 소란스러워졌다. 아Q는 그길로 줄행랑을 쳐서 웨이쫭 마을로 돌아왔다. 그 뒤로 다시는 그 일에 감히 손을 대지 못했다.

이런 이야기는 아Q에게 전혀 이롭지 못했다. 마을 사람들이

아Q를 '존경하면서 멀리한' 까닭은 행여 원한을 살까 두려워서
였다. 그런데 아Q가 도둑질도 제대로 못하는 좀도둑에 불과하
다니! 실상은 전혀 두려워할 이유가 없었던 것이다.

제7장 혁명

선통 3년(신해혁명이 일어난 1911년—옮긴이) 9월 14일—아Q
가 자오바이옌에게 돈주머니를 판 바로 그날—한밤중에 검은
거적을 덮은 커다란 배 한 척이 자오 나리 집 앞 나루터에 도착
했다. 모두가 곤히 잠든 시각이라 마을 사람 누구도 눈치채지
못했다. 그 배는 동이 틀 무렵에 나루터를 빠져나갔다. 제법 이
른 시각이긴 했으나 이번엔 꽤 여러 사람의 눈에 띄었다. 사람
들은 은밀히 살펴보고서 그것이 거인 나리의 배라는 결론에 다
다랐다.

그 일은 웨이좡 마을에 커다란 불안감을 가져왔다. 정오도 안
되어 온 마을이 술렁거렸다. 자오 나리 집에서는 그 배가 온 목
적에 대해 일언반구도 없었지만, 사람들은 찻집과 술집에 삼삼
오오 모여서 성안에 혁명당이 들어왔다는 둥 거인 나리가 웨이
좡 마을로 피난을 왔다는 둥 떠들어 댔다.

이런 말에 휩쓸리지 않은 사람은 오직 쩌우치댁뿐이었다. 그
녀는 거인 나리가 낡은 옷상자 몇 개를 맡아 달라고 보냈을 뿐

이며, 그것조차 자오 나리가 돌려보냈다고 말했다.

사실 거인 나리와 자오 나리는 평소에 가깝게 지내는 사이가 아니어서 이치대로라면 어려움을 함께 나눌 이유가 없었다. 더구나 쩌우치댁 집이 자오 나리의 집과 이웃하고 있지 않은가. 남들보다 가까이에서 보고 듣는 게 많을 테니 아무래도 그녀 말이 옳지 싶었다.

그러나 소문은 갈수록 무성해졌다. 거인 나리가 친히 오지는 않았지만, 자오 나리의 가문과 먼 친척뻘이라는 편지를 구구절절 써 보냈다고 했다. 이에 자오 나리는 조금 마뜩지 않기는 했지만, 어쨌든 자기에게 나쁠 건 없다고 판단해 그 상자를 받아서 마님의 침대 밑에 숨겨 놓았다는 것이다.

혁명당에 관해서는 누군가 말하길, 그날 밤 성안으로 들어왔는데 하나같이 흰 투구와 흰 갑옷을 착용하고 있었다나. 이는 숭정 황제(청나라에 멸망한 명나라의 마지막 황제. 청나라 때 숱한 반란에서 '청나라를 멸하고 명나라를 다시 세우자.'라는 구호를 외쳤기 때문에 신해혁명 때도 혁명당이 숭정 황제를 신봉한다고 생각하는 사람이 많았다.—옮긴이)를 기리는 상복이라는 말이 떠돌았다.

아Q는 일찍이 혁명당이라는 말을 들어 보기도 했고, 심지어 혁명당의 목을 베는 걸 직접 목격하기도 했다. 하지만 어디서부터 든 생각인지는 몰라도 혁명당은 반란을 일으키는 사람들이고, 반란은 곧 자기를 힘들게 만들 것이라고 믿었다. 그래서 혁명당을 가슴 깊이 증오했다. 그런데 뜻밖에도 사방 사십 킬로미터에 명성이 자자한 거인 나리조차 혁명당을 그토록 두려워한다고 하니 아무래도 동경심이 생기지 않을 수 없었다. 게다가 웨이좡 마을의 개만도 못한 사람들이 허둥대는 모양새를 보니 더더욱 통쾌했다.

'혁명도 괜찮은 거로구나.'

아Q는 생각했다.

'나를 괴롭혔던 것들은 모조리 혁명해 버려야 해. 가증스러운 놈들! 괘씸한 놈들! …… 그래, 나도 혁명당에 투항해야지.'

요즘 아Q는 돈에 쪼들려 사는 게 다소 불만스러웠다. 게다가 빈속에 낮술 두 잔을 들이부었더니 술기운이 훨씬 빨리 돌았다. 이 상태로 이런저런 생각을 하며 걷다 보니 또 기분이 들뜨기 시작했다. 불현듯이 왠지 자기가 바로 혁명당이고 웨이좡 마을 사람들은 전부 자신의 포로 같았다. 그는 의기양양한 나머지 목청껏 떠들어 댔다.

"반란이다, 반란!"

웨이좡 마을 사람들은 누구라고 할 것 없이 두려운 눈빛으로 그를 쳐다보았다. 아Q는 여태껏 그토록 불쌍한 눈빛을 본 적이 없었다. 한여름에 얼음물을 마신 것처럼 속이 후련했다. 그는 더 신이 나서 빽빽 소리를 질러 대며 걸었다.

"좋구나……. 내가 원하는 건 다 내 것이고 내가 맘에 드는 여자는 다 내 여자다.

댕댕, 뚱땅뚱땅!

그러지 말았어야 했는데, 술김에 잘못 알고 정 아우의 목을 댕강 잘라 버렸네. 그러지 말았어야 했는데, 아, 아, 아!

댕댕, 뚱땅뚱땅!

이 손으로 쇠채찍을 들어 너를 후려치리라……. (〈용과 호랑이의 싸움〉에 나오는 송나라 태조 조광윤의 대사와 악기 소리―옮긴이)"

그때 마침 자오 씨네 몇몇 남자들이 대문 앞에서 혁명에 관한 이야기를 나누고 있었다. 아Q는 미처 그들을 못 보고 고개를 치켜든 채 노래를 부르며 지나쳤다.

"댕댕……."

"이보게, 라오(높임의 의미로 이름 앞에 붙이는 말―옮긴이) Q."

자오 나리가 쭈뼛쭈뼛 다가가며 목소리를 낮추어 아Q를 불렀다.

"뚱땅뚱땅!"

아Q는 자기 이름 앞에 '라오' 자가 붙을 줄은 꿈에도 몰랐기 때문에 자기와 상관없는 말인 줄 알고 계속 노래만 불렀다.

"댕댕, 뚱땅뚱땅, 뚱따당, 뚱땅!"

"라오Q."

"그러지 말았어야 했는데……."

"아Q!"

수재가 하는 수 없이 이름을 불렀다. 아Q는 그제야 멈추어 서서 고개를 돌려 물었다.

"왜요?"

"라오Q, 요즘 말이야……."

자오 나리는 선뜻 말을 잇지 못했다.

"그러니까…… 요즘…… 돈은 좀 많이 벌었나?"

"돈 많이 벌었냐고요? 당연하죠. 내가 원하는 건 다 내 것이니까……."

"아……Q 형, 우리같이 가난한 사람들은 괜찮겠죠?"

자오바이옌이 불안해하며 물었다. 마치 혁명당의 속내를 떠보는 듯한 말투였다.

"가난한 사람들이라고? 당신들은 나보다 돈이 많잖아."

아Q는 이렇게 말하고는 가 버렸다.

다들 멍하니 말문이 막혔다. 자오 나리와 수재는 집으로 돌아가 저녁에 등잔불을 끌 때까지 이야기를 나누었다. 자오바이옌은 집에 돌아가자마자 허리에 찼던 돈주머니를 끌러 아내에게 건네며 상자 밑에 숨기라고 일렀다.

아Q는 들뜬 기분으로 사당에 돌아왔다. 술은 이미 다 깬 상태였다. 그날 밤, 사당을 관리하는 늙은이도 웬일로 상냥하게 차를 마시라고 권했다. 아Q는 떡 두 개를 달라고 해서 먹어 치운 뒤, 쓰다 남은 초와 촛대를 받아 자기 방에 불을 밝히고는 홀로 드러누웠다. 그는 이루 말할 수 없이 상쾌하고 즐거운 기분이 들었다. 촛불이 정월 대보름날 밤처럼 환하게 밝았고 그의 공상도 점점 날개를 달았다.

'반란이라? 재미있겠는데……. 흰 투구와 흰 갑옷의 혁명당이 청룡도, 쇠채찍, 폭탄, 서양 총, 칼, 갈고리 창을 들고 사당으로 찾아와서 이렇게 나를 부르겠지. '아Q! 같이 가자, 같이 가자!' 그러면 따라나서는 거야…….

웨이좡 마을의 개 같은 사내, 계집들이 얼마나 우습게 굴까? 무릎 꿇고 나한테 살려 달라고 소리소리 지르겠지. 그렇다고 누가 살려 줄 줄 알아! 맨 먼저 죽어야 할 놈들은 샤오디하고 자오 나리이고, 그다음은 수재 놈하고 가짜 양놈……. 몇 놈이나 남겨 둘까? 왕털보는 봐줄 만하지만 역시 안 되겠어.

물건들은? 무작정 쳐들어가서 상자를 열어젖혀야지. 은화랑 면셔츠랑……. 먼저 수재 마누라의 고급 침대를 사당으로 옮기고 첸 씨네 탁자랑 의자도 갖다 놓아야지. 아니면 자오 집안 걸 가져와도 좋고. 아니, 아니지. 번거롭게 내가 손댈 필요는 없지. 샤오디더러 옮기라고 해야겠군. 재빨리 날라야 해. 굼뜨게 굴면 따귀를 갈겨야지…….

자오쓰천의 누이동생은 정말 못생겼고, 쩌우치댁의 딸은 몇 년 두고 봐야지. 가짜 양놈의 마누라는 변발을 자른 놈하고 잠을 잤으니, 홍, 제대로 된 년이 아니야! 수재 놈의 마누라는 눈꺼

풀에 흉터가 있단 말씀이야……. 우 씨 아줌마는……, 그러고 보니 꽤 오래 못 봤네. 어디 있을까? 우 씨 아줌마는 다 좋은데 발이 너무 커. 아까워!'

아Q는 생각을 채 마무리 짓기도 전에 드르렁드르렁 코를 골았다. 채 반도 타지 않은 초가 그의 벌어진 입안을 붉게 비추었다.

"으악!"

아Q가 느닷없이 비명을 질렀다. 이어 눈을 번쩍 뜨고 벌떡 일어나 사방을 둘러보다가 멍하니 촛불을 바라보았다. 그러더니 다시 몸을 뉘어 잠에 빠져들었다.

다음 날 그는 느지막이 일어나 거리로 나갔다. 모든 것이 전과 똑같았다. 그는 여전히 배가 고팠다. 배고픔을 해결할 방법을 곰곰이 생각해 보았지만 아무것도 떠오르지 않았다. 그때 돌연 머리를 스치는 생각이 있었다. 그는 천천히 걸음을 옮겨 어느덧 정수암에 이르렀다.

암자는 지난봄과 마찬가지로 고요했다. 흰 담장에 검은 문도 여전했다. 그는 잠시 생각하다가 다가가서 문을 두드렸다. 안에서 검둥개가 짖어 댔다. 그는 얼른 기와 조각 몇 개를 주워 들고 있는 힘껏 문을 두드렸다. 검은 문에 무수히 곰보 자국을 만들고 나서야 인기척이 나고 빗장 푸는 소리가 들렸다.

아Q는 다급히 기와 조각을 고쳐 쥐고서 몸을 낮추었다. 나름대로 검둥개와 싸울 태세를 갖춘 것이다. 그러나 문을 워낙 빠끔히 열어서 검둥개가 뛰쳐나올 수 없었다. 열린 문 사이로 늙은 비구니가 얼굴을 내밀었다.

"왜 또 왔지?"

그녀가 놀라서 물었다.

"혁명이야……. 알고 있어?"

아Q는 대답을 얼버무렸다.

"혁명? 혁명이라고? 혁명은 이미 했잖아. ……당신들, 도대체 우리를 어떻게 혁명하겠다는 건데?"

이렇게 말하는 늙은 비구니의 두 눈이 벌겠다.

"뭐라고?"

아Q는 어리둥절했다.

"모르는 거야? 그 사람들이 벌써 혁명을 하고 갔다고!"

"누가?"

아Q는 더더욱 어리둥절했다.

"수재와 양놈이!"

아Q는 너무나 뜻밖이어서 넋을 잃고 말았다. 그 틈을 타 늙은 비구니는 재빨리 문을 닫아걸었다. 아Q가 다시 밀어 보았지만 꿈쩍도 하지 않았다. 두드려도 보았지만 소용이 없었다.

오전에 일어난 일이었다. 약삭빠른 자오 수재는 혁명당이 밤사이 성에 들어왔다는 소식을 듣자마자 변발을 정수리에 틀어 올렸다. 그러고는 아침 일찍 그간 친분도 없던 가짜 양놈을 찾아갔다.

다 같이 혁명에 참여하여 새 출발하는 때였으므로 그들은 곧 뜻을 같이하는 동지가 되었다. 두 사람은 혁명을 하기로 약속을 맺었다. 그들은 궁리 끝에 '황제 폐하 만세, 만만세'라고 적힌 팻말이 정수암에 있다는 걸 떠올렸다. 그것을 없애는 것으로부터 혁명을 시작하는 것이 좋겠다고 생각하고는 그 즉시 정수암으로 달려갔다.

그런데 늙은 비구니가 잔소리를 해 대는 통에 그녀를 청나라 정부 인물로 간주하고 머리에 몽둥이세례와 주먹세례를 퍼부었다. 그들이 떠난 뒤 비구니가 정신을 차리고 보니 팻말은 박살이 나서 땅바닥에 내팽개쳐져 있었고, 관음보살상 앞에 놓여 있던 명나라 때 구리 향로는 온데간데 없었다.

나중에야 이 일을 안 아Q는 그날 늦잠을 잔 것을 무척 후회했다. 그 두 사람이 자기를 부르러 오지 않은 걸 깊이 원망하기도 했다. 그는 한발 물러나 이런 생각도 했다.

'설마 그놈들이 내가 이미 혁명당에 입당하기로 작정한 사실을 아직 모르는 건가?'

제8장 반혁명

웨이좡 마을의 민심은 나날이 안정되었다. 전해지는 소식에 따르면 혁명당이 성안에 들어오기는 했지만 아직 큰 변화는 없다고 했다. 지현 나리도 자리 이름만 바뀌었지 그대로였고, 거인 나리도 무슨 관리—그 직책의 이름이 무엇인지는 웨이좡 마을 사람들 모두 정확히 알지 못했다.—가 되었으며, 군대 지휘관도 예전의 그 파총(하급 장교—옮긴이)이었다.

딱 한 가지 무시무시한 일은 질 나쁜 혁명당 몇몇이 그 사이에 섞여 소란을 피우는 것이었다. 그들은 성안에 들어온 이튿날부터 변발을 자르는 일에 착수했다. 듣자 하니 이웃 마을 뱃사공 하나가 머리카락을 잘리고 사람 같지 않은 몰골이 되었다고 했다. 하지만 그건 크게 겁낼 일이 아니었다. 왜냐하면 웨이좡 마을 사람들은 워낙 성안에 가는 일이 드물었고, 혹시나 가려던 사람도 계획을 바꾸면 그런 위험을 만날 일이 없었기 때문이다. 아Q도 성에 가서 옛 친구를 만날 생각이었지만 그 소식을 듣고는 이내 계획을 바꾸었다.

그래도 웨이좡 마을에 개혁된 게 아예 없다고는 할 수 없었다. 며칠 만에 변발을 정수리에 틀어 올린 사람들이 눈에 띄게 늘어났다. 앞서 말한 대로 맨 먼저 그렇게 한 사람은 수재였고 다음은 자오쓰천과 자오바이옌, 그다음이 아Q였다. 만약 여름이었다면 변발을 정수리에 틀어 올리든 매듭을 짓든 그다지 신기할 것도 없었을 터였다.

하지만 때는 바야흐로 늦가을, 이때 변발을 틀어 올린 사람들에게는 실로 대단한 결단이 아닐 수 없었다. 그러니 웨이좡 마을도 개혁과 전혀 무관하다고는 할 수 없었다.

자오쓰천이 뒤통수를 훤히 드러내고 지나가면 사람들은 큰 소리로 떠들었다.

"와, 혁명당이다!"

아Q는 그 소리가 무척 부러웠다. 수재가 변발을 틀어 올렸다는 소식은 진작 들었지만 자기도 해야겠다고 생각하지는 못했다. 그런데 이제 자오쓰천도 그렇게 한 걸 보니 비로소 따라 할 생각이 들었고 이내 마음을 굳혔다. 그는 변발을 정수리에 틀어 올려 대나무 젓가락으로 고정시켰다. 그러고서 한참을 망설이다가 용기를 내어 밖으로 나갔다.

그는 거리를 걸었고 사람들도 그를 보았다. 그런데 별다른 말이 없었다. 아Q는 처음에는 불쾌했고 나중에는 불만스러웠다. 요즘 그는 걸핏하면 성질이 났다. 사실 그의 생활은 반란 이전보다 나쁘지 않았다. 사람들은 그를 깍듯이 대했고 가게에서도 굳이 돈을 달라고 하지 않았다. 그런데도 아Q는 스스로 마음에 차지 않았다. 기왕에 혁명을 한 이상 요 모양 요 꼴이어서는 안 되는 것이었다. 게다가 샤오디를 보고 화가 더욱 치밀었다.

샤오디도 변발을 정수리에 틀어 올렸던 것이다. 더구나 아Q처럼 대나무 젓가락을 사용해서 말이다. 아Q는 샤오디 역시 그렇게 할 줄은 꿈에도 몰랐다. 결코 허락할 수 없었다. 샤오디 같은 놈이 감히! 아Q는 당장 먹살을 잡고 대나무 젓가락을 분질러 그의 변발을 풀어 버리고 따귀를 몇 대 날리고 싶었다. 그럼으로써 분수도 모르고 감히 혁명당이 되려고 했던 죄를 응징하고 싶었다. 하지만 그는 결국 눈감아 주기로 했다. 그냥 눈을 부라리고 퉤 하고 침을 뱉는 데 그쳤다.

며칠 동안 성안에 들어간 사람은 가짜 양놈뿐이었다. 본래 자오 수재도 옷상자를 맡아 준 인연으로 직접 거인 나리를 찾아갈 생각이었지만 혹시라도 변발을 잘릴까 봐 포기하고 말았다. 대신 편지 한 통을 써서 가짜 양놈에게 주면서 성에 가져가 자기가 자유당에 들어갈 수 있게끔 힘을 좀 써 달라고 부탁했다.

성안에 다녀온 가짜 양놈은 수재에게 은화 넉 냥을 요구했고, 그때부터 수재는 오른쪽 앞섶에 자유당 배지인 은복숭아를 달고 다녔다. 웨이좡 마을 사람들은 모두 그를 우러러보았다. 그 은복숭아는 자유당의 계급 표시로서 한림(대과에 급제해 한림원에 들어가 역사 편찬과 문건 작성을 담당하는 중앙 관리―옮긴이)과 맞먹는 것이라고 했다. 그 뒤 자오 나리는 갑자기 거만해졌다. 아들이 수재가 되었을 때보다 훨씬 더했다. 그렇게 그는 안하무인이 되었고 길에서 아Q와 마주쳐도 거들떠보지 않았다.

아Q는 그제야 그동안 자기가 푸대접을 받은 이유를 깨달았다. 진정한 혁명을 하려면 입당이나 변발을 틀어 올리는 것만으로는 어림도 없었다. 무엇보다 혁명당과 친분을 쌓아야 했다. 그런데 그의 한평생에서 아는 혁명당이라곤 두 명뿐이었다. 그중 성안에 있던 한 사람은 일찌감치 '댕강' 목이 날아갔으니 이제 남은 사람은 가짜 양놈뿐이었다. 얼른 가짜 양놈을 찾아가 상의하는 것 말고는 다른 방도가 없었다.

마침 첸 씨네 대문이 열려 있었다. 아Q는 잔뜩 긴장을 하고 걸어 들어갔다. 안에 들어서는 순간 그는 깜짝 놀랐다. 가짜 양놈이 마당 한가운데 보란 듯이 서 있었는데, 몸에 걸친 것은 아마도 양복인 듯싶었고 역시 앞섶에 은복숭아를 달았으며 손에는 전에 아Q를 혼쭐냈던 지팡이를 들고 있었다. 그리고 삼십 센티미터 남짓하던 변발을 풀어 산발한 모습이 꼭 신선 같았다. 가짜 양놈 앞에는 자오바이옌과 마을의 건달 셋이 꼿꼿이 서서 무척 공손한 태도로 그의 이야기에 귀를 기울이고 있었다.

아Q는 살며시 다가가 자오바이옌의 등 뒤에 섰다. 인사를 하고 싶었지만 호칭을 뭐라고 해야 좋을지 몰랐다. 가짜 양놈이라고 부를 수는 없는 노릇이고, 그렇다고 서양 양반도 맞지 않고 혁명당 당원도 적당하지 않은 것 같았다. 아니면 서양 선생이라고 불러야 하나?

서양 선생은 그를 보지 못했다. 눈을 희번덕거리며 열변을 토하느라 바빴기 때문이다.

"나는 성미가 급해서 장군을 만나자마자 그랬지. '홍 형! 우리어서 시작합시다!'라고 말이야. 그런데 장군은 번번이 'No!'라고 했어. 아, 이건 서양 말이니 자네들은 모르겠군. 아무튼 내 말대로만 했으면 벌써 성공했겠지만, 그래도 장군이 신중하게 일을 추진한다는 뜻이니까 뭐. 장군은 나한테 후베이로 가 달라고 몇 번이나 부탁했어. 하지만 나는 아직 수락하지 않았지. 나 아니면 누가 이런 작은 마을에서 일을 하려고 하겠냐고…….”

“아……, 저기…….”

아Q는 서양 선생이 잠시 말을 멈출 때를 기다렸다가 마침내 한껏 용기를 내어 머뭇머뭇 입을 열었다. 하지만 차마 그를 서양 선생이라고 부르지는 못했다.

이야기를 듣고 있던 네 사람이 일제히 놀라 뒤를 돌아보았다. 서양 선생도 그제야 아Q를 보았다.

“무슨 일이야?”

“저…….”

“나가!”

“제가 입당을 하려고…….”

“꺼지라니까!”

서양 선생은 지팡이를 치켜들었다. 자오바이옌과 건달들도 고함을 질렀다.

“안 들려? 선생님께서 꺼지라고 하시잖아!”

아Q는 손으로 머리를 가리고 엉겁결에 문밖으로 도망쳐 나왔다. 서양 선생은 웬일로 쫓아오지 않았다. 아Q는 예순 걸음쯤 뛰어 도망친 뒤에야 천천히 걷기 시작했다. 순간 가슴속에서 슬픔이 솟구쳤다. 그가 혁명하는 것을 서양 선생이 허락하지 않으니 이제 그에게 다른 길은 없었다. 흰 투구를 쓰고 흰 갑옷을 입은 사람들이 자기를 부르러 오는 것은 이제 상상 속에서나 가능한 일이었다. 그의 꿈과 희망, 미래가 단번에 날아가 버렸다. 건달들이 이 일을 소문 내어 샤오D나 왕털보 같은 자들의 웃음거리가 되는 건 오히려 그다음 문제였다.

그는 여태껏 이렇게 좌절했던 적은 없었던 것 같았다. 틀어 올린 변발도 무의미하고 바보스럽게 느껴졌다. 당장이라도 변발을 풀어 버리고 싶었지만, 생각만 할 뿐 그러지 못했다. 그는 밤늦게까지 돌아다니다가 외상으로 술 두 잔을 마셨다. 그러자 점점 기분이 좋아지면서 다시 흰 투구와 흰 갑옷에 대한 생각에 사로잡혔다.

그러던 어느 날, 그는 평소처럼 밤늦은 시각까지 돌아다니다가 술집이 문을 닫을 무렵이 되어서야 어슬렁어슬렁 사당으로 향했다.

팍, 펑!

어디선가 심상치 않은 소리가 들려왔다. 폭죽 소리는 아니었다. 아Q는 워낙 구경거리를 즐기고 쓸데없는 일에 참견하는 걸 좋아하는지라 곧장 어둠을 뚫고 소리를 찾아 나섰다. 앞에서 발자국 소리가 나는 듯했다. 막 귀를 기울이려던 찰나, 난데없이 맞은편에서 누군가 도망쳐 나왔다. 아Q는 얼른 그 사람을 따라 달렸다. 그 사람이 모퉁이를 돌면 아Q도 돌았고, 그 사람이 멈추어 서면 아Q도 멈추어 섰다. 아Q는 뒤를 돌아보았지만 뒤에는 아무도 없었다. 자세히 살펴보니 그가 따라가던 사람은 다름 아닌 샤오디였다.

"뭐야?"

아Q는 기분이 확 상했다.

"자오……, 자오 나리 댁에 강도가 들었어!"

샤오디가 헐떡이며 말했다.

아Q는 가슴이 쿵쿵 뛰었다. 샤오디는 말을 마치고 바로 도망쳐 버렸지만 아Q는 도망치다가 멈추기를 두세 번 되풀이했다. 하지만 어쨌든 그는 '그런 장사'를 해 본 사람이었다. 그래서 꽤 대담하게 길모퉁이를 돌아 나와 주의 깊게 귀를 기울였다. 약간 떠들썩한 소리가 들리는 듯했다. 이번에는 자세히 살펴보았다. 흰 투구에 흰 갑옷을 착용한 자들이 줄줄이 들락날락하며 상자와 가재도구를 들어내고 있었다. 수재 마누라의 고급 침대도 들어냈는지는 어두워서 확실치 않았다. 그는 더 가까이 가서 보고 싶었지만 두 다리가 좀체 움직이지 않았다.

그날 밤은 달도 없어서 웨이좡 마을은 어둠에 묻힌 채 고요했다. 꼭 옛날 복희 황제(중국 상고 시대의 제왕으로, 그가 다스리던 시대는 태평성대의 대명사로 일컬어진다.—옮긴이) 시대처럼 태평스러워 보였다. 아Q는 그 자리에 선 채 싫증이 날 때까지 지켜보았다. 저쪽에서는 여전히 왔다 갔다 하며 물건을 날랐다. 상자도 들어내고, 가재도구도 들어내고, 수재 마누라의 고급 침대도 들어내고……. 아Q는 너무 많은 물건이 나가는 걸 보고 자기 눈이 의심스러웠다. 하지만 더 다가가지 않기로 마음먹고 사당으로 돌아갔다.

사당은 더 어두워서 칠흑 같았다. 그는 대문을 잘 닫고 더듬더듬 방을 찾아 들어갔다. 그렇게 한참을 누워 있었더니 비로소 마음이 가라앉고 자기 처지를 떠올려 볼 여유가 생겼다. 흰 투구를 쓰고 흰 갑옷을 입은 사람들이 분명 도착하기는 했지만, 자기를 부르러 오지도 않았고 좋은 물건을 산더미같이 나르면서 한몫 떼어 주지도 않았다.

'이게 다 그 빌어먹을 가짜 양놈이 내가 반란에 끼는 걸 허락하지 않았기 때문이야. 그러지 않았으면 어떻게 내 몫이 없을 수 있겠어?'

아Q는 생각할수록 화가 치밀어 급기야 증오를 억누르지 못하고 거칠게 머리를 흔들었다.

"나는 못 하게 막고 저희끼리만 반란을 해? 가짜 양놈, 이 개자식 같으니! 그래, 할 테면 해 보라지. 반란은 목이 잘리는 죄니까. 내가 꼭 고발하고 말 테다. 네놈이 성에 끌려가서 목이 잘리는 걸 보고 말겠어. 온 집안이 재산을 빼앗기고 목이 잘릴 거다,

댕강! 댕강!"

제9장 대단원

자오 나리 댁이 강탈을 당하자 웨이좡 마을 사람들은 대체로 고소해하면서도 두려워했다. 아Q도 고소해하면서도 두려워했다. 그런데 나흘 뒤, 아Q는 한밤중에 난데없이 성에 붙잡혀 갔다. 그때는 마침 깜깜한 밤이었다. 한 무리의 군인, 한 무리의 자위단, 한 무리의 경찰, 다섯 명의 밀정이 어둠을 틈타 웨이좡 마을에 들어와서는 사당을 포위하고 문을 향해 기관총을 대어 놓았다.

하지만 아Q는 나올 기미가 보이지 않았다. 한참이 지나도 인기척이 없자 조급해진 파총은 이십 문의 상금을 내걸었다. 그제야 자위 대원 두 명이 위험을 무릅쓰고 담을 넘어 들어가 안팎에서 호흡을 맞추어 쳐들어가서 아Q를 끌어냈다. 아Q는 사당 바깥의 기관총 근처까지 끌려와서야 조금 정신을 차렸다.

성안에 도착했을 때는 어느새 정오였다. 아Q는 낡은 관청에 끌려 들어가 모퉁이를 대여섯 군데 돈 다음 작은 방에 밀어 넣어졌다. 통나무로 만든 창살문이 비틀거리는 그의 발뒤꿈치를 치며 쾅 하고 닫혔다. 문 쪽을 빼고 나머지 세 면은 다 벽이었다. 자세히 보니 구석에 두 사람이 더 있었다.

아Q는 조금 불안하긴 했지만 아주 고민스럽지는 않았다. 사당의 잠자리도 이 방보다 더 나을 게 없었기 때문이다. 먼저 들어와 있던 두 사람도 시골 사람인 모양이었다. 시간이 지나면서 그들이 말을 걸어 왔다. 한 사람은 자기 할아버지가 빚진 소작료를 거인 나리가 독촉해서 끌려왔고, 또 한 사람은 영문도 모른 채 끌려왔다고 했다. 이어 잡혀 온 이유를 묻자, 아Q는 시원스럽게 대답했다.

"내가 반란을 하려고 했거든."

아Q는 오후에 창살문 밖으로 끌려 나가 대청마루로 갔다. 마루 위에 머리를 박박 깎은 늙은이가 앉아 있었다. 아Q는 그가 혹시 중이 아닌지 의심이 들었다. 하지만 아래에는 군인들이 줄지어 서 있고 양쪽에는 장삼을 입은 사람들이 열 명 남짓 서 있었는데, 그 늙은이처럼 머리를 박박 깎고 가짜 양놈처럼 한 자 길이의 머리를 어깨에 늘어뜨린 이도 있었다. 그들은 하나같이 험악한 표정으로 그를 노려보았다. 아Q는 마루 위에 앉은 늙은이가 분명 한가락 하는 인물이란 걸 깨닫고는 금세 무릎 관절에 힘이 빠지면서 털썩 주저앉았다.

"일어서서 말해! 무릎 꿇지 마!"

장삼을 입은 자가 소리쳤다. 아Q는 그게 무슨 말인지 어렴풋이 알 듯하여 일어서려 했지만 몸이 뜻대로 따라 주지 않았다. 어쩔 수 없이 쪼그려 앉았다가 다시 무릎을 꿇고 말았다.

"노예근성!"

장삼을 입은 자가 경멸하듯 말했지만 다시 일어서라고는 하지 않았다.

"고초를 겪지 않으려면 사실대로 털어놓아라. 나는 이미 모든 걸 알고 있다. 자백하면 놓아주겠다."

빡빡머리 늙은이가 아Q의 얼굴에 시선을 고정한 채 침착하고도 분명하게 말했다.

"자백해라!"

장삼을 입은 자가 목청을 높여 거들었다.

"저는 처음부터…… 와서 반란을 하려고 그랬는데……."

아Q는 잠시 생각을 가다듬은 뒤 띄엄띄엄 겨우 입을 열었다.

"그럼 왜 오지 않았느냐?"

늙은이가 부드럽게 물었다.

"가짜 양놈이 못 하게 했어요!"

"무슨 헛소리냐! 그런 변명을 해 봤자 이미 늦었다. 네 일당은 지금 어디 있느냐?"

"네? 뭐라고요?"

"그날 밤 자오 씨 집을 턴 일당 말이다!"

"그 사람들은 저를 부르러 오지 않았는데요. 자기들끼리만 물건을 빼 갔다고요."

아Q는 그 말을 하면서 분통을 터뜨렸다.

"어디로 갔지? 말하면 너를 놓아주마."

늙은이는 한층 부드러운 목소리로 말했다.

"전 몰라요. 저를 부르러 오지 않았거든요……."

결국 원하는 대답을 듣지 못한 늙은이가 눈짓을 했고, 아Q는 다시 창살문 안에 갇혔다. 이튿날 오전에 그는 두 번째로 창살문 밖으로 끌려 나왔다.

대청마루의 상황은 전날과 한 치도 다르지 않았다. 위에 빡빡머리 늙은이가 앉아 있었고 아Q는 또다시 무릎을 꿇었다.

늙은이가 부드럽게 물었다.

"아직도 할 말이 없느냐?"

아Q는 잠깐 생각해 보았지만 별달리 할 말이 없어서 바로 대답했다.

"네."

곧이어 장삼 입은 자들이 종이 한 장과 붓을 들고 와서는 아Q의 손에 붓을 쥐여 주었다. 순간, 아Q는 너무 놀라 하마터면 기절할 뻔했다. 난생처음으로 붓을 잡아 봤던 것이다. 붓을 어떻게 쥐어야 하는지도 몰라 쩔쩔매고 있는데, 그 사람은 한술 더 떠 종이의 어느 한 곳을 가리키며 서명을 하라고 했다.

"저……, 저는…… 글을 모르는데요."

아Q는 붓을 꽉 쥔 채 부끄럽고 당황스러운 목소리로 말했다.

"그럼 네 마음 내키는 대로 동그라미라도 그려라!"

아Q는 정말로 동그라미를 그리려고 했는데 붓을 쥔 손이 부들부들 떨리고 있었다. 그러자 아까 붓을 쥐어 주었던 사람이 종이를 바닥에 펴 주었다. 아Q는 몸을 잔뜩 웅크리고서 젖 먹던 힘을 다해 동그라미를 그리기 시작했다. 남들에게 비웃음을 살까 봐 잘 그리려고 애썼지만 밉살스러운 붓은 무거운 데다가 제멋대로였다. 그가 손을 바들바들 떨며 동그라미를 겨우 완성하려는데 붓이 바깥쪽으로 툭 삐쳐 나가 씨앗 모양이 되어 버렸다.

아Q는 동그랗게 그리지 못한 걸 부끄러워했지만 그 사람은 개의치 않고 종이와 붓을 챙겨 갔다. 곧 다른 사람들이 다가와 그를 다시 창살문 안에 집어넣었다.

두 번째로 창살문 안에 갇혔는데도 아Q는 크게 걱정하지 않았다. 한세상 살면서 갇힐 때도 있고 풀려날 때도 있으며 종이에 동그라미를 그릴 때도 있는 법이라고 생각했다. 다만 동그라미를 둥글게 그리지 못한 게 자기 이력에 오점이 될 것 같기는 했다. 하지만 얼마 지나지 않아 기분이 풀렸다. 문득 자기 손자뻘 되는 아이들이나 동그라미를 잘 그릴 거라는 생각이 들었기 때문이다. 그는 곧 잠이 들었다.

그날 밤, 거인 나리는 아Q와 달리 잠을 이루지 못했다. 파총과 다투었던 것이다. 거인 나리는 도둑맞은 물건을 되찾는 게 먼저라고 주장했고, 파총은 공개 처벌을 해서 사람들에게 본보기를 보이는 게 먼저라고 주장했다. 파총은 요사이 거인 나리는 안중에도 없었다. 함부로 책상을 내리치고 의자를 발로 차며 말했다.

"일벌백계해야 합니다! 이것 보십시오, 내가 혁명당이 된 지 이십 일도 채 안 되어 강도 사건이 십수 건이나 일어났는데 하나도 해결하지 못했어요. 이래서야 내 체면이 뭐가 됩니까? 겨우 한 건 해결하려는데 또 와서 엉뚱한 소리를 하는군요. 분명히 말하는데, 안 됩니다! 이건 내 소관이란 말입니다!"

거인 나리는 난처했지만 뜻을 굽히지 않았다. 만약 물건을 되찾아 주지 않으면 자기가 맡고 있는 민정 협력관 일을 당장 그만두겠다고 으름장을 놓았다. 그래도 파총은 물러서지 않았다.

"아, 마음대로 해요!"

거인 나리는 그날 밤에 잠을 이루지 못했지만 다행히 이튿날에 사임하지는 않았다.

아Q가 세 번째로 창살문 밖으로 끌려 나온 것은 거인 나리가 밤잠을 설친 다음 날 오전이었다. 그가 대청마루에 이르렀을 때, 마루 위에는 전처럼 그 빡빡머리 늙은이가 앉아 있었다. 아Q는 전처럼 무릎을 꿇었다.

늙은이가 부드럽게 물었다.

"더 할 말은 없느냐?"

아Q는 잠깐 생각해 보고는 딱히 할 말이 없어 바로 대답했다.

"네."

장삼과 단삼을 입은 사람들이 우르르 달려들어 그에게 검은 글자가 적힌 흰 광목 조끼를 입혔다. 아Q는 기분이 좋지 않았다. 꼭 상복을 입은 것 같았기 때문이다. 상복은 왠지 불길한 느낌을 주었다. 두 손마저 등 뒤로 묶인 채 순식간에 관청 밖으로 끌려갔다.

아Q는 지붕 없는 수레에 태워졌다. 수레에는 이미 짧은 옷을 입은 남자들 몇 명이 타고 있었다. 수레는 곧 출발했다. 앞쪽에는 총을 멘 군인들과 자위 대원들이 있었고, 길 양쪽에는 입을 헤벌린 구경꾼들이 무수히 많았다. 뒤쪽이 어떤지는 볼 수 없었다. 그 순간, 아Q는 문득 깨달았다.

'아, 목을 베러 가는구나!'

그는 다급한 마음에 눈앞이 캄캄해지고 귀에서 윙윙 소리가 나면서 금방이라도 졸도할 것 같았다. 하지만 정말로 졸도하지는 않았다. 잠깐 초조했다가 또 잠깐 태연해지곤 했다. 언뜻 한세상 살면서 어쩔 수 없이 목이 잘릴 때도 있다는 생각이 들었다.

그러다가 길을 알아보고는 조금 어리둥절해졌다. 왜 처형장 쪽으로 가지 않는 거지? 그는 지금 자기가 조리돌림을 당하고 있다는 걸 알지 못했다. 하지만 알았더라도 달라질 건 없었다. 아마 한세상 살면서 어쩔 수 없이 조리돌림을 당할 때도 있다고 생각하고 말았을 것이다.

그는 멀리 돌아서 처형장으로 가고 있다는 걸 알아챘다. '댕강' 목이 잘리러 가는 게 분명했다. 멍하니 좌우를 둘러보았다. 사람들이 개미 떼같이 따라오고 있었다. 아Q는 인파 속에서 우 씨 아줌마를 발견했다. 오래 못 보았는데 그동안 성안에서 일하고 있었던 모양이다. 아Q는 불현듯 풀 죽은 자신의 모습이 부끄럽게 느껴졌다. 그 흔한 노래 몇 구절 부르지 못하다니. 그의 머릿속에서 회오리바람처럼 생각이 맴돌았다.

〈젊은 과부 성묘 가네〉는 당당함이 떨어지고 〈용과 호랑이의 싸움〉의 한 대목인 '그러지 말았어야 했는데'는 박력이 부족했다. 역시 〈이 손으로 쇠채찍을 들어 너를 치겠노라〉가 제격이었다. 그는 당장 손을 쳐들려고 하다 양손이 뒤로 묶여 있다는 것을 떠올리고는 〈이 손으로 쇠채찍을 들어 너를 치겠노라〉도 포기했다.

"이십 년 뒤에 다시 사내로 태어나……."

다급한 나머지 아Q의 입에서 어느 누구에게도 배운 적 없는, 여태껏 입에 담아 본 적도 없는 노래가 불쑥 튀어나왔다.

"조옿다!"

인파 속에서 늑대의 울부짖음 같은 추임새가 터져 나왔.

수레는 계속 앞으로 나아갔고, 아Q는 박수갈채 소리 속에서 눈을 굴려 우 씨 아줌마를 보았다. 그녀는 미처 그를 보지 못한 듯 군인들이 메고 있는 총에만 줄곧 정신이 팔려 있었다.

아Q는 다시 박수갈채를 보내고 있는 사람들을 보았다.

그 순간, 그의 머릿속에서 또 회오리바람처럼 생각이 맴돌았다. 사 년 전, 산기슭에서 굶주린 늑대와 마주친 적이 있었다. 그놈은 멀지도 가깝지도 않은 거리를 유지하며 계속 그를 따라왔다. 그를 잡아먹으려는 것이었다. 아Q는 죽을 만큼 무서웠지만 다행히 손에 땔나무를 패는 도끼를 들고 있던 터라 그것에 의지해 힘을 내어 겨우 웨이좡 마을까지 올 수 있었다.

하지만 그 늑대의 눈빛은 영원히 머릿속에 남았다. 흉악하고 겁에 질린 귀신불처럼 번득이던 그 두 눈은 멀리서도 그의 살을 꿰뚫을 것 같았다. 그런데 지금 그는 여태껏 보지 못한, 굶주린 늑대의 눈빛보다 더 무시무시한 눈을 보았다. 무딘 듯하면서도 날카로우며 아Q의 말을 진작에 삼켜 버렸을 뿐만 아니라, 이제는 그의 살 이외의 것들까지 모두 삼키려고 멀지도 가깝지도 않은 거리를 유지하며 계속 따라오는 눈길이었다.

그 눈길들이 서로 한패가 된 듯하더니, 어느새 그의 영혼을 물어뜯는 것만 같았다.

"사람 살려……."

그러나 아Q는 입 밖으로 소리를 내지는 못했다. 벌써부터 눈앞이 캄캄해지고 귀에서 윙윙 소리가 나면서 온몸이 고운 먼지처럼 흩어지는 느낌이 들었다.

당시 상황이 사람들에게 어떤 영향을 끼쳤는지에 대해 말하자면, 가장 크게 영향을 받은 사람은 바로 거인 나리였다. 도둑맞은 물건을 되찾지 못해 온 집안이 대성통곡을 했기 때문이다. 그다음은 자오 나리 집안이었다. 수재가 관청에 신고하러 성에 갔다가 질 나쁜 혁명 당원에게 붙들려 변발을 잘렸던 것이다. 게다가 현상금으로 많은 돈을 써야 했던 탓에 또 온 집안이 대성통곡을 했다. 그날 이후로 그들은 점차 멸망한 왕조의 후손 신세가 되어 갔다.

웨이좡 마을 사람들은 당연히 아Q가 나쁜 인간이었다고 입을 모았다. 총살을 당한 게 바로 그 증거라고 했다. 나쁜 인간이 아니라면 총살을 당할 리가 없지 않냐는 것이었다.

성안의 여론도 좋지 않았다. 총살은 목을 베는 것만큼 볼 만하지 않다며 불만스러워했다. 게다가 정말로 가소로운 사형수가 아니던가. 그렇게 오랫동안 조리돌림을 당하면서도 그 흔한 노래 한 자락 제대로 못 부르다니. 괜히 따라다니느라 헛고생만 했다고 투덜거렸다.

1921년 12월

제 6 편

복을 비는 제사

    세밑(한 해가 끝날 무렵─옮긴이)은 세밑인지라, 마을과 읍내는 물론이고 하늘에서도 곧 다가올 새해의 분위기가 물씬 풍긴다. 회색빛의 무거운 저녁 구름 사이로 빛이 번쩍이고, 이어서 둔탁한 소리가 울려 퍼진다. 조왕신(부엌을 전담하는 신으로서 집안을 지켜 준다고 알려져 있다.─옮긴이)을 배웅하는 폭죽이다. 폭죽이 가까운 데서 터지면 그 효과가 한층 강렬하다. 귀청을 울리는 폭음이 잦아들기도 전에 화약 냄새가 공기 중으로 은은하게 퍼진다.

    나는 바로 이런 밤에 고향 루전 마을에 돌아왔다. 고향이라고는 하지만, 집을 이미 처분해서 잠시 우리 집안의 넷째 어른 집에 머물러야 했다. 넷째 어른은 항렬이 나보다 한 단계 위여서 내가 넷째 아저씨라고 불렀다. 그는 성리학을 몹시 중시하는 국자감(청나라의 국립 대학—옮긴이) 출신이었다.

넷째 아저씨는 전과 비교해 크게 달라진 게 없었다. 조금 늙기만 했다. 그런데도 아직 수염은 자라지 않고 있었다. 아저씨는 나를 보자마자 판에 박인 인사말을 하더니 이렇게 덧붙였다.

"살이 쪘구나."

그러고는 신당(청나라 왕조에서 개혁 운동을 펼쳤던 캉유웨이 일파를 비판적으로 일컫던 말—옮긴이) 욕을 해 댔다. 그가 구실을 잡아 나를 욕하는 것이 아니라, 실은 캉유웨이(청나라 말에 입헌군주제를 주장한 학자이자 정치가—옮긴이)를 욕한다는 것을 알고 있었다. 어쨌든 서로의 생각이 맞지 않아서 대화에 활기를 띠지 못했다. 얼마 후 넷째 아저씨는 나를 서재에 남겨 두고 나가 버렸다.

이튿날 나는 늦게 일어나 점심을 먹고 몇몇 친척들과 친구들을 만나러 나갔다. 그다음 날도 마찬가지였다. 그들도 크게 달라진 것이 없었다. 조금 늙기만 했을 뿐. 그리고 어느 집이나 매우 바빴다. 복을 비는 제사를 준비하고 있었기 때문이다.

그 제사는 루전 마을에서 섣달그믐마다 치르는 큰 행사였다. 다음 해의 행운을 빌며 예의를 다해 복을 주는 신을 맞이했다. 닭과 거위를 잡고, 돼지고기를 샀다. 여자들은 그것을 정성 들여

찬물에 씻느라 팔이 시뻘겋게 부어올랐다. 그런데도 팔에 팔찌를 끼고 있는 여자도 있었다.

닭, 거위, 돼지고기를 삶은 뒤에 각각의 가로세로 사방에 젓가락을 꽂아 놓는데, 그것을 '복례'라고 불렀다. 그리고 오경(새벽 3시에서 5시 사이―옮긴이)이 되면 향과 초에 불을 붙이고 준비한 음식들을 복을 주는 신에게 바쳤다. 제사에는 남자만 참여해서 절을 올리고, 제사가 끝나면 폭죽을 터뜨렸다.

매년 이런 식이었고 또 집집마다―음식과 폭죽을 장만할 형편이 되는 집이면―같았다. 올해도 당연히 그랬다.

하늘이 점차 어두워지면서 오후부터 눈이 내리기 시작했다. 매화꽃만 한 눈송이가 하늘 가득 날리자, 신비롭고 들뜬 분위기가 더해져 루전 마을은 온통 축제 분위기였다. 내가 넷째 아저씨의 서재로 돌아왔을 때, 기와지붕은 벌써 눈에 다 덮여 있었다. 하얀 눈이 햇빛에 반사되어 방까지 환하게 들어왔다. 그리고 벽에 걸린 커다란 '목숨 수(壽)'자 탁본을 훤히 비췄다. 그 글자는 본래 진박(송나라 때 무암산에서 수도하며 신선이 되는 방법을 공부했다는 인물―옮긴이)이 쓴 것이었다. 그리고 벽에 붙은 대련(명절에 서로 대구가 되는 문장을 종이에 써서 문이나 대문에 나란히 붙여 놓는 것―옮긴이) 중 한쪽은 이미 떨어져서 책상 위에 돌돌 말려 있었다. 하지만 "사물의 이치에 통달하여 마음이 평화롭다."라고 쓰여 있는 다른 한쪽은 아직 멀쩡하게 붙어 있었다.

나는 무료해서 창가 책상에 다가가 책들을 들춰 보았다. 중간에 몇 권이 빠진 듯한《강희자전》(청나라의 4대 황제인 강희제의 명으로 만들어진 한자 사전. 총 42권으로 근대 이전 가장 많은 글자가 실린 사전이다.―옮긴이)과《근사록집주》(주자학의 교과서라고 불리는《근사록》을 해설해 놓은 책―옮긴이) 등이 있었다.

나는 다음 날 떠나기로 마음먹었다. 게다가 전날 샹린댁을 만났던 일을 생각하니 더 이상 편안히 머무를 수가 없었다.

전날 오후, 나는 마을 동쪽 끝에 사는 친구 집에 들렀다가 돌아오는 길에 강가에서 샹린댁을 만났다. 그녀는 눈을 크게 뜬 채 내 쪽으로 걸어오고 있었다. 내가 이번에 루전 마을에 와서 만난 사람들 중 크게 바뀐 사람은 샹린댁 한 사람밖에 없었다. 오 년 전 희끗희끗했던 머리카락은 이제 완전히 백발이 되어 도저히 사십 전후의 나이로 보이지 않았다. 얼굴은 바짝 마른 데다 누렇다 못해 거무튀튀했다. 예전에 얼굴에 나타나던 슬픈 표정이 모두 사라져서 마치 목각 인형 같았다. 간혹 눈동자가 움직이는 것만으로 그녀가 아직 살아 있다는 것을 알 수 있었다. 한 손에는 깨진 그릇 하나가 담긴 대나무 바구니를 들고 있었고, 다른 손에는 자기보다 큰 대나무 장대를 들고 있었다. 그 장대는 밑부분이 갈라져 있었다. 그야말로 영락없는 거지꼴이었다.

나는 멈춰 서서 그녀가 구걸하러 오기를 기다렸다.

"돌아오셨어요?"

그녀는 먼저 이렇게 물었다.

"그래요."

"마침 잘됐네요. 선생님은 많이 배운 데다가 멀리까지 다니시니 보고 들은 것도 많으시겠죠. 제가 한 가지 여쭤 보고 싶은 게 있어요."

이제껏 생기 없던 눈이 갑자기 반짝였다. 나는 그녀가 이런 말을 할 줄은 꿈에도 생각하지 못했기에 멍하니 서 있기만 했다.

"그게 말이에요……."

그녀는 몇 걸음 더 다가와 목소리를 낮추고 매우 조심스럽게 물었다.

"사람이 죽은 다음에도 영혼은 살아 있는 건가요?"

나는 등골이 오싹해졌다. 나를 뚫어지게 쳐다보는 그녀의 눈을 보자 등에 가시가 박히는 기분이었다. 학교에서 예고도 없이 시험을 치르는데, 하필이면 선생님이 내 옆에 바짝 붙어 있을 때보다도 훨씬 당황스러웠다. 사실 나는 지금까지 영혼이 있는지 없는지 단 한 번도 신경 써 본 적이 없었다. 그런데 어떻게 그녀에게 답을 해 줘야 하지? 나는 아주 짧은 시간 동안 머뭇거리며 머리를 굴렸다.

이곳 사람들은 대체로 귀신이 있다고 믿고 있는데, 이 여자는 지금 미심쩍어하고 있었다. 바라는 대로 말해 주는 게 나을지도 몰랐다. 그런데 영혼이 있기를 바랄까, 없기를 바랄까……. 벼랑 끝에 몰린 사람에게 고민을 보태 줄 필요는 없을 것 같았다. 그녀를 위해서는 그냥 있다고 해 주는 편이 나을 듯했다.

"아마 있을 거예요, ······제 생각에는."

나는 어물거리며 말했다.

"그러면 지옥도 있나요?"

"아, 지옥이요?"

나는 깜짝 놀라 우물거렸다.

"지옥은······ 이치를 따지자면 있어야겠지요. 그런데 꼭 있을지는 모르겠어요. 나라고 그런 일에 훤한 것도 아니고······."

"그러면 죽은 가족을 만날 수는 있나요?"

"아, 만날 수 있느냐고요?"

그때 나는 내가 완전히 바보라는 것을 깨달았다. 아무리 궁리를 하고 뜸을 들여도 그 세 가지 질문은 당해 낼 수가 없었다. 나는 갑자기 겁이 나서 방금 한 말을 뒤엎고 말았다.

"그게······, 뭐라고 확실히 말하기가 어렵네요. 사실 영혼이 있는지 없는지는 저도 꼬집어 말하기가 어려워요."

나는 그녀가 다른 질문을 던지기 전에 얼른 그곳을 벗어나 넷째 아저씨 집으로 갔다. 하지만 마음이 영 편치 않았다. 내 대답이 그녀에게 어떤 위험을 끼칠지도 모른다는 생각이 들어서였다. 아마도 샹린댁은 남들이 바쁘게 제사를 준비하는 와중에 외로움을 느꼈을 것이다. 아니면, 뭔가 다른 뜻을 품고 있었던 것일까? 그것도 아니면 무슨 예감 같은 것이라도? 만약 다른 생각이 있었고 그로 인해 어떤 일이 일어난다면 그런 대답을 한 나에게 책임이 돌아올 수도 있을 텐데…….

하지만 나는 이내 속으로 웃고 말았다. 별로 깊은 뜻도 없이 그저 우연하게 일어난 일을 두고 이렇듯 꼼꼼히 따지고 들다니! 교육자의 노이로제라고 말해도 탓할 수 없지 않은가. 게다가 "확실히 말하기 어렵다."고 했던 처음의 대답을 다 뒤집었으니 설사 무슨 일이 생긴다 하더라도 나와는 아무 관련이 없는 것이었다.

'확실히 말하기 어렵다.'는 말은 아주 쓸모 있는 말이다. 세상 물정 모르고 용감하기만 한 젊은이는 종종 남의 질문에 선뜻 답을 하고 처방을 내린다. 그랬다가 혹시라도 결과가 안 좋으면 대개는 원망의 대상이 되기 쉽다. 그러나 '확실히 말하기 어렵다.'고 하면 어떤 일에도 얽매이지 않는다.

나는 새삼스레 이 말의 필요성을 절감했다. 제아무리 거렁뱅이 여자라 해도 꼭 하지 않으면 안 될 말이 있는 법이었다.

하지만 나는 불안감을 떨치지 못했다. 하룻밤이 지났는데도 그 일이 머릿속에서 떠나지 않았다. 왠지 자꾸만 불길한 예감이 들었다. 눈이 내리는 음울한 날에 무료하게 서재에 처박혀 있노라니 더더욱 불안해졌다. 차라리 떠나는 편이 나을 듯했다. 결국은 내일 성안으로 들어가자고 마음먹었다.

푸싱루의 상어 지느러미 요리는 큰 접시에 일 문이어서 값도 싸고 맛있었는데……. 지금은 얼마나 올랐을까? 옛날에 같이 놀던 친구들은 이미 다 흩어졌지만 나 혼자라도 맛을 보러 가야지…….

어쨌든 내일은 무슨 일이 있어도 이곳을 떠나기로 결심했다.

'설마 그런 일이 일어나겠어?'라고 하거나 '절대로 일어나지 않을 거야.'라고 생각하는 일들일수록 오히려 빈번히 일어나는 법이기에 이번에도 행여나 그렇게 되지 않을까 마음이 쓰였다.

아니나 다를까, 심상치 않은 일이 곧 벌어지고 말았다.

해 질 녘에 몇몇이 안방에 모여서 이야기하는 소리가 들렸다. 뭔가 의논하는 것 같았다. 그런데 잠시 뒤 대화가 뚝 그치더니 넷째 아저씨가 방에서 나오며 크게 말하는 소리가 들렸다.

"때를 골라도 하필이면 이럴 때 그러느냐 말이야. 골칫덩이 같으니라고."

나는 처음에는 의아해하다가 곧 불안해졌다. 왠지 그 말이 나와 관계가 있을 것만 같았다. 문밖을 슬쩍 보았지만 아무도 없었다. 저녁 먹을 시각이 되어 이 집의 머슴이 차를 가지고 들어왔을 때에야 겨우 무슨 일인지 알아볼 기회를 잡았다.

"넷째 어르신이 아까 누구한테 화를 낸 건가?"

"그야 샹린댁이죠."

머슴은 똑 부러지게 말했다.

"샹린댁? 무슨 일이 있었는데?"

"저세상으로 갔어요."

"죽었다고?"

나는 단박에 심장이 쪼그라들었다. 하마터면 펄쩍 뛰어오를 뻔했다. 얼굴색도 싹 변했을 것이다. 하지만 머슴은 머리를 숙이고 있었기 때문에 전혀 눈치채지 못했다. 나는 얼른 마음을 진정시키고 또 물었다.

"언제 죽었는데?"

"언제냐고요? 어젯밤이나 오늘이겠지요. 저도 확실히는 모르겠어요."

"왜 죽었는데?"

"왜 죽었냐고요? ……그야 가난해서 죽은 거죠."

그는 대수롭지 않게 말하고는 여전히 고개를 숙인 채 나를 보지도 않고 나가 버렸다.

내가 놀란 순간은 아주 잠깐이었다. 이내 일어날 일이 일어났다는 느낌이 들었다. 굳이 "확실히 말하기 어렵다."고 한 내 말과 "가난해서 죽었다."고 한 머슴의 말에서 위안을 찾을 필요도 없이 내 마음은 점차 평정을 되찾았다. 조금 꺼림칙한 면이 없지는 않았지만.

저녁 식사 때 넷째 아저씨가 근엄한 표정으로 내 옆에 앉았다. 나는 샹린댁에 관해 물어보고 싶었다. 하지만 그가 '귀신은 음양의 조화이다.'라는 말을 책에서 읽어 놓고도 실제로는 꺼리는 게 많다는 걸 알고 있었다. 그러니 복을 비는 제사를 앞둔 이때, 죽음이나 질병 따위의 말을 꺼내서는 안 된다는 것이었다. 그래도 꼭 해야 한다면 그런 말을 대신하는 은어를 써서 에둘러 말해야 하는데, 안타깝게도 나는 그런 은어를 조금도 몰랐다. 몇 번이나 물어보려다가 결국 입을 닫았다.

게다가 넷째 아저씨의 엄숙한 표정을 보고 있자니 왜 하필 이럴 때 찾아와 귀찮게 구느냐고 말하는 것 같았다. 나는 한시라도 빨리 그의 부담을 덜어 주려는 뜻에서, 내일은 루전 마을을 떠나 성안으로 들어가겠다고 말했다. 그는 굳이 말리지 않았다. 식사는 그렇게 답답한 분위기에서 끝이 났다.

겨울이라 해가 짧고 눈까지 내려서 어둠이 일찌감치 마을 전체를 덮었다. 사람들은 등불 밑에서도 부지런히 일했지만 창밖은 한없이 고요했다. 두껍게 쌓인 눈 위로 눈송이가 떨어지며 싸르륵싸르륵 소리를 냈다. 그 때문에 더욱 적막한 느낌이 들었다.

나는 노란색 빛을 발하는 유채 기름 등잔 밑에 홀로 앉아 생각에 잠겼다. 문득 의지할 데 없던 샹린댁이 떠올랐다. 그녀는 쓰레기더미 위에 버려진, 더럽고 낡은 장난감이었다. 그런데 세상을 재미나게 사는 사람들은, 쓰레기 속에서도 꿋꿋한 모습을 보이는 그녀가 무엇 때문에 그렇게 기를 쓰고 살아가려 하는지 의아했을 것이다. 물론 지금은 그녀에 대해 아무런 생각을 하지 않음으로써 깨끗이 정리해 버렸겠지만.

　나는 영혼이 있는지 없는지는 잘 모른다. 그러나 시시한 인생을 살던 사람이 죽는다는 것은, 어떤 사람한테 눈에 거슬리는 존재가 사라졌다는 사실만으로도 딱히 나쁜 일이 아닐 수 있다. 창밖에서 싸르륵싸르륵 눈 오는 소리를 들으며 가만히 생각에 잠겨 있다 보니 마음이 조금씩 편안해졌다.

　그러자 예전에 보고 들었던 그녀의 반평생에 걸친 이야기 조각들이 하나씩 연결되어 떠올랐다.

　그녀는 루전 마을 사람은 아니었다. 어느 해 초겨울, 넷째 아저씨 집에서 식모를 바꾸려고 할 때 웨이 할멈이 그녀를 데리고 왔다. 그녀는 흰 끈으로 머리를 묶고 검은 치마에 파란 겹옷, 연한 남색 조끼를 입고 있었다. 나이는 스물예닐곱쯤 되어 보였다. 얼굴색이 파리하긴 했지만 두 뺨은 아직 발그레했다. 웨이 할멈은 그녀를 샹린댁이라 불렀다. 자기 친정집의 이웃인데 신랑이 죽어서 일을 하러 나오게 되었다고 했다.

　넷째 아저씨는 그 말을 듣자 눈살을 찌푸렸다. 숙모는 그녀가 과부라서 남편이 못마땅해한다는 걸 알아챘다. 하지만 용모가 반듯하고 팔다리도 튼튼했으며 고분고분한 데다 말수도 적어 보였다. 척 봐도 성실히 일을 할 것 같아서 넷째 아저씨가 눈살을 찌푸리든 말든 집에 두기로 했다. 시험 삼아 두고 보는 기간

동안, 그녀는 오히려 일이 없으면 무료하다는 듯 쉬지 않고 일을 했다. 힘도 남자 못지않게 세었다. 그래서 사흘 만에 매달 오백 문을 주고 식모로 쓰기로 했다.

사람들은 그녀를 샹린댁이라고 불렀다. 아무도 성이 뭔지 묻지 않았다. 그저 웨이 할멈이 웨이쟈산 마을 사람이고 샹린댁이 할멈의 이웃이었다고 했으니 웨이 씨일 거라고 짐작했다. 그녀는 말하는 것을 좋아하지 않아서 누가 물어봐야 겨우 대답을 했다. 더구나 대답하는 말수도 길지 않았다.

그래서 넷째 아저씨네 집에 들어온 지 십여 일이 될 때까지 밝혀진 것이라고는 그녀의 집에 사나운 시어머니와 나무를 하는 열 살가량의 시동생이 있고, 그녀보다 열 살 아래였던 나무꾼 남편이 봄에 죽었다는 것뿐이었다. 사람들이 그녀에 대해 알 수 있는 건 겨우 그 정도였다.

세월은 빨리 흘러갔지만 그녀는 변함없이 부지런했다. 음식 투정 한마디 없었고, 꾀를 부리는 일도 없이 열심히 일했다. 사람들은 루 씨네 넷째 어른 집이 힘센 머슴보다 일을 더 잘하는 식모를 두었다고 입을 모았다.

연말이 되면 굴뚝 청소는 물론, 집안 청소에서 닭이나 거위 잡기, 밤을 새워 제사 음식을 차리는 일까지 모두 샹린댁이 도맡아 했다. 그래서 다른 일꾼을 고용할 필요가 없었다. 그러면서도 그녀는 무척 만족스러워 보였다. 점차 입가에 미소가 떠올랐고 얼굴에도 하얗게 살이 올랐다.

설이 막 지날 무렵이었다. 강가에 쌀을 씻으러 간 샹린댁이 갑자기 얼굴이 새파래져 집으로 돌아왔다. 건너편 강가에서 서성이는 남자를 보았는데, 아무래도 시댁의 당숙을 닮은 듯하다는 것이었다. 자기를 찾아온 게 분명하다는 말도 덧붙였다. 깜짝 놀란 숙모가 자세한 내막을 물었지만 그녀는 입을 꾹 다물었다. 넷째 아저씨는 그 말을 듣고 이맛살을 찌푸리며 말했다.

"이거 심상치 않은데. 시집에서 도망쳐 나온 모양이군."

얼마 되지 않아 그 추측은 사실로 밝혀졌다. 샹린댁은 도망쳐 온 여자였다.

그 후로 여남은 날이 흘러 모두 그 일을 잊어 가고 있을 때, 웨이 할멈이 갑자기 나이가 서른 남짓한 여자를 데리고 들이닥쳤다. 샹린댁의 시어머니라고 했다. 시골뜨기 행색이긴 했지만 여유 있게 사람을 상대하는 데다 말솜씨도 좋았다. 먼저 인사말을 한 뒤에 깍듯하게 사과를 하고는 자기 며느리를 데려가겠다고 했다. 봄 농사가 시작되어 몹시 바쁜데, 집에는 자기와 어린 아들밖에 없어서 일손이 부족하다는 것이었다.

"시어미가 와서 데려가겠다는데 어쩔 수 있나?"

넷째 아저씨는 이렇게 말했다.

임금을 계산해 보니 모두 천칠백오십 문이었다. 샹린댁이 한 푼도 쓰지 않고 주인집에 맡겨 놓았던 그 돈은 전부 그녀의 시어머니 차지가 되었다. 시어머니는 샹린댁의 옷까지 챙기고는 감사하다는 인사를 하고 집을 나섰다. 그때가 벌써 정오였다.

"아니, 조리가 어디 있지? 샹린댁이 쌀을 씻을 때 가지고 나갔나?"

한참 뒤, 숙모가 놀라서 소리쳤다. 아마도 배가 고파서 밥 생각이 난 모양이었다.

다들 여기저기 조리를 찾아 나섰다. 숙모는 먼저 부엌에 갔다가 안채에 가서 보고 나중에는 침실까지 가 봤지만 조리는 그림자도 보이지 않았다. 넷째 아저씨도 문밖으로 나가 찾아봤지만 역시 보이지 않았다. 강가까지 가서야 돌 위에 반듯하게 놓인 조리를 발견했다. 그 옆에는 나물도 한 포기 있었다.

누군가 와서 자기가 본 것을 이야기해 주었다.

흰 천을 뒤집어쓴 배가 오전부터 강가에 정박해 있었는데, 그 안에 누가 있는지도 몰랐고 또 그런 것에 신경 쓰는 사람도 없었다. 그런데 샹린댁이 쌀을 씻으려고 강가에 막 앉으려는 순간, 시골 사람으로 보이는 남자 둘이 배에서 뛰쳐나왔다. 한 사람은 샹린댁을 꽉 껴안고 다른 한 사람은 거들면서 그녀를 끌고 배에 올랐다. 샹린댁이 울부짖는 소리가 들렸지만, 무엇으로 입을 틀어막았는지 곧 잠잠해졌다. 배 안을 들여다보려 했지만 안쪽이 어두워서 잘 보이지 않았다. 샹린댁은 꽁꽁 묶여 배 바닥에 뉘어 있는 것 같았다. 곧 두 여자가 강가로 걸어왔는데, 한 여자는 모르는 얼굴이었고 한 여자는 웨이 할멈이었다.

"너무 심했군! 하지만……."

넷째 아저씨가 말했다.

그날 숙모는 직접 밥을 지었다. 군불은 아들인 아뉴가 땠다. 점심 식사를 마쳤을 때, 웨이 할멈이 또 왔다.

"너무 심했어!"

넷째 아저씨가 말했다.

"도대체 무슨 생각으로 그런 거야? 그러고도 여긴 왜 또 왔어?"

설거지를 하던 숙모도 웨이 할멈을 보자마자 쏘아붙였다.

"자기가 소개한 사람을 작당해서 납치하고 그 소란을 떨어? 사람들이 어떻게 보겠어? 우리 집을 왜 웃음거리로 만들어?"

"아이고, 저도 속은 거예요. 그래서 일부러 이렇게 설명을 드리러 온 거고요. 그 애가 저한테 일할 집을 소개해 달라고 했을 때, 자기 시어머니를 속였을 줄은 꿈에도 생각지 못했어요. 죄송합니다, 어르신. 죄송합니다, 마님. 어쨌든 제가 멍청하고 부주의해서 폐를 끼쳤네요. 다행히 두 분은 마음이 넓으셔서 저처럼 못난 자들한테는 굳이 따지려고 하지 않으시지요. 이번에 제가 꼭 좋은 사람을 소개해서 잘못을 벌충하겠습니다요."

"하지만……."

넷째 아저씨는 말끝을 흐렸다.

그렇게 샹린댁 사건은 끝이 났고, 오래지 않아 다 잊혀졌다.

단지 숙모만은, 이어서 집에 들인 식모들이 게으르거나 먹는 것만 밝히거나, 심지어 게으르면서 먹는 것까지 밝히는 사람까지 있어서 툭하면 샹린댁을 들먹였다. 그럴 때마다 숙모는 혼잣말처럼 이렇게 중얼거렸다.

"그 사람은 지금 어떻게 지내나 몰라?"

그녀가 다시 와 줬으면 하는 눈치였다. 그러나 이듬해 설이 되자 그런 생각을 접었다.

설 명절이 거의 다 지나갈 즈음, 웨이 할멈이 새해 인사를 하러 왔다. 어디서 벌써 불콰하게 술이 취한 채로 와서 웨이쟈산 마을의 친정에서 며칠 묵고 오느라 늦었다고 둘러댔다. 숙모와 할멈의 대화는 자연스레 샹린댁 이야기로 옮겨 갔다.

"그 아이 말인가요?"

웨이 할멈은 신이 나서 말했다.

"말도 마세요. 지금은 복이 터졌어요. 시어미가 걔를 잡아갔을 때 이미 허쟈아오 마을의 허 씨네 여섯째 아들한테 시집을 보내기로 되어 있었거든요. 그래서 집으로 데려간 지 며칠 안 돼서 꽃가마에 태워 보내 버렸죠."

"아니, 무슨 그런 시어미가!"

숙모가 놀라서 말했다.

"아유, 대갓집 마님이시니 물론 이해가 안 가시겠지요. 하지만 우리 같은 산골 가난뱅이들에게는 예사로운 일이랍니다. 아들

장가도 보내야 하잖아요. 그 아이를 시집보내지 않으면 어디서 장가보낼 비용을 구하겠어요? 그 시어미는 정말 계산이 빠른 여자예요. 다 생각이 있어서 그 아이를 깊은 산골로 시집을 보냈죠. 만약 같은 마을 사람한테 보냈으면 돈을 많이 못 받았을 거예요. 그 심심산골 허쟈아오 마을에 시집가려는 여자가 어디 많겠어요? 그래서 무려 팔십 관(일 관(貫)은 일천 문(文)이다.—옮긴이)이나 손에 넣은 거죠. 그러고는 둘째 며느리를 새로 들였는데 돈을 오십 관밖에 안 썼어요. 혼례 비용을 빼도 십여 관은 남았을걸요? 계산속 하나는 정말 끝내주는 여자라니까요."
"샹린댁은 승낙을 했고?"
"승낙하고말고가 어디 있어요? 뭐, 누구든 소란을 좀 떨 수 있지요. 하지만 밧줄로 묶어 꽃가마에 처넣고 신랑 집에 데려가서 족두리를 씌워 절을 시키고 방문을 잠가 버리면 다 끝나는 거잖아요. 하긴 샹린댁은 꽤 유난했던 모양이에요. 그때 하도 난리를 쳐서 다들 배운 집에서 일하다가 와서 남다른가 보다고 했다는군요. 마님, 우리는 별의별 꼴을 다 보았답니다. 이렇게 재혼하는 여자들 중에는 엉엉 우는 여자도 있고, 죽네 사네 소란을 피우는 여자도 있고, 남자 집까지 가서 절도 안 하고 버티는 여자도 있고, 화촉을 집어 던지는 여자도 있지요. 그런데 샹린댁은 그중에서도 아주 유별났대요. 가는 내내 울부짖고 욕을 해 대더니, 허쟈아오 마을에 도착했을 때는 목이 완전히 쉬었다더군요. 꽃가마에서 끌어 내려 두 남자와 시동생이 힘껏 내리눌렀는데도 끝내 절을 못 시켰대요. 더구나 잠깐 방심한 사이에, 글쎄 나무아미타불……. 탁자 모서리에 머리를 찧어서 이마에 큼지막하게 상처가 나고 피가 철철 났다고 하더라고요. 재빨리 향을 태운 재를 바르고 빨간 천으로 둘둘 감았는데도 피가 멈추지 않았다지요. 결국 여럿이 우르르 달라붙어 그 애와 신랑을 신방에 집어넣었는데도 계속 욕을 해 댔다고 하니……. 아이고, 정말……."

웨이 할멈은 고개를 설레설레 젓고는 눈을 내리깔고 입을 다물었다.

"그다음에는 어떻게 됐는데?"

숙모가 물었다.

"이튿날에 못 일어났대요."

그녀가 눈을 치켜뜨며 말했다.

"그다음에는?"

"그다음에는요? 일어났지요. 연말에 애도 하나 낳고요. 남자애라는데, 이번 설이면 두 살이 된대요. 이번에 친정에 며칠 가 있을 때 허쟈아오 마을에 다녀온 사람이 하는 말을 들으니 샹린댁도, 그 애도 살이 투실투실하다고 그러더라고요. 위에 시어미도 없고 남편은 힘이 장사여서 일을 척척 잘하는 데다 집도 자기 거래요. 아이고, 샹린댁은 정말 복이 터진 거지요, 뭐."

그 후로 숙모는 더 이상 샹린댁 이야기를 하지 않았다.

어느 해 가을 샹린댁이 복이 터졌다는 소식을 들은 뒤로 설이 두 번쯤 지났을 때, 그녀가 다시 넷째 아저씨 집에 나타났다. 그녀는 탁자 위에 둥근 광주리를, 처마 밑에 작은 이불 보따리를 내려놓았다. 여전히 흰 끈으로 머리를 묶고 검은 치마에 파란 겹옷, 연한 남색 조끼 차림이었다. 얼굴색도 처음 왔던 그때처럼 파리했다. 단지 두 뺨의 발그레한 혈색이 사라졌고, 눈을 내리깔면 눈가에 눈물 자국이 보였다. 눈빛도 예전만큼 활기차 보이지 않았다. 이번에도 웨이 할멈이 데리고 왔는데, 할멈은 불쌍하다는 표정으로 숙모에게 이야기를 잔뜩 늘어놓았다.

"…… 세상일은 한치 앞을 모른다더니 이게 딱 그 꼴이지 뭐예요. 그 튼튼하던 남편이 젊은 나이에 장티푸스로 죽을지 누가 알았겠어요? 원래는 다 나았는데 찬밥을 먹고 병이 도졌다는군요. 그나마 아들이 있고, 이 사람도 일을 잘해서 나무도 하고, 찻잎도 따고, 누에도 쳐서 어떻게든 살아갈 수 있었대요. 그런데 맙소사, 애가 그만 늑대에게 물려갔지 뭐예요! 봄도 거의 지났는데 마을에 늑대가 내려올 줄은 아무도 몰랐죠. 이 불쌍한 사람은 이제 혼자가 되었어요. 그리고 시댁의 큰아버지라는 사람이 와서 집을 차지하고 이 사람을 쫓아냈다지 뭡니까? 이 사람은 정말 오갈 데 없는 몸이 되어서 이렇게 할 수 없이 옛 주인댁을 찾아온 거랍니다. 지금은 어디 묶인 신세도 아니고 마님 댁도 마침 사람이 필요한 참이라 제가 데려왔지요. 아무래도 이 댁을 잘 아니까 전혀 모르는 사람보다는 나을 것 같아서……."
"저는 정말 바보였어요, 정말……."
샹린댁이 흐리멍덩한 눈을 들고 말을 이었다.
"산속 짐승들이 눈 내릴 때만 먹이를 찾아 마을에 내려오는 줄 알았지, 설마 봄에도 내려올 줄은 몰랐어요. 그날 저는 꼭두새벽에 일어나 문을 열고 작은 바구니 가득 콩을 담아 와서 아마오에게 문지방에 앉아 껍질을 벗기라고 했어요. 그 애는 말을 참 잘 들었어요. 제 말이라면 뭐든 잘 들었죠. 그날도 자다가 벌떡 일어나 밖으로 나왔지요. 저는 집 뒤로 가서 장작을 패고 쌀을 씻어서 솥에 앉혔어요. 콩을 삶으려고 애를 불렀는데 대답이 없는 거예요. 나와 보니 콩이 잔뜩 흩어져 있고, 우리 아마오가 보이질 않았어요. 우리 애는 평소에 다른 집에 놀러 가는 일이 없지만 혹시나 해서 여기저기 돌아다니며 찾아봤어요. 어디에도 없었어요. 저는 애가 타서 사람들한테 찾아 달라고 부탁했지요. 그래서 오후까지 찾아 돌아다니다가 산속으로 들어갔는데, 가시넝쿨에 아마오 신발이 걸려 있는 게 아니겠어요? 다들 그러더라고요. 큰일 났다고, 늑대한테 물려간 것 같다고. 더 들어가 보니까 정말로 우리 애가 풀숲에 누워 있었어요. 배 속의 내장을 다 먹혀 버린 채 말이죠. 아마오는 그때까지도 손에 바구니를 꼭 쥐고 있었어요……."

그녀는 흐느껴 울 뿐 제대로 말을 하지 못했다.

처음에 샹린댁을 집에 들일까 말까 망설이며 듣던 숙모는 그녀의 이야기가 끝나자 눈 주위가 빨개졌다. 잠시 생각하더니 바로 둥근 바구니와 이불 보따리를 곁채에 가져다 놓으라고 했다. 웨이 할멈은 마치 무거운 짐이라도 내려놓은 듯 한숨을 내쉬었다. 샹린댁은 처음 왔을 때보다는 조금 펴진 얼굴로 곁채에 이불 보따리를 가져다 놓았다. 그때부터 그녀는 다시 루전 마을에서 일하기 시작했다.

사람들은 여전히 그녀를 샹린댁이라고 불렀다.

그러나 그녀의 상태가 예전과는 사뭇 달랐다. 일을 시킨 지 이삼 일 만에 주인은 그녀의 동작이 예전만큼 민첩하지 않고 기억력도 훨씬 나빠졌다는 것을 알아차렸다. 또한 시체 같은 얼굴을 한 채 온종일 웃음 짓는 일이 없었다. 숙모는 그녀에 대해 불평을 늘어놓기 시작했다. 넷째 아저씨는 그녀가 다시 왔을 때 여전히 눈살을 찌푸렸지만 줄곧 괜찮은 식모를 구하기가 어려워 애를 먹었기 때문에 크게 반대하지는 않았다.

단지 숙모에게 한 가지 주의를 주었다. 샹린댁이 불쌍한 여자이기는 하지만 풍기를 어지럽혔기 때문에 제사 때는 그 어떤 것에도 손을 대지 못하게 하라고 했다. 제사 음식을 숙모 혼자 장만하라는 뜻이었다. 그렇지 않으면 제사 음식이 정결치 못해 조상 어른들이 잡수시지 못한다는 것이었다.

  넷째 아저씨 집에서 가장 중요한 일은 제사였고, 샹린댁이 예전에 가장 바쁘게 매달렸던 일도 제사 준비였다. 그런데 이제 그녀는 그 일을 못 하게 되었다.

  제사상을 대청마루 가운데에 놓고 장식보를 덮었을 때, 그녀는 전에 하던 대로 술잔과 젓가락을 놓으려고 했다.

"놔둬, 샹린댁! 내가 놓을게."

숙모가 황급히 말했다.

그녀는 무안해하며 손을 움츠리고는 촛대를 집었다.

"놔두라니까! 샹린댁, 내가 놓을 거야."

숙모가 또 황급히 말했다.

이렇게 몇 번 허탕을 치고서 결국 샹린댁은 할 일이 없어 영문도 모른 채 자리를 뜰 수밖에 없었다. 그녀가 하루 종일 한 일이라고는 아궁이에 불을 지핀 것뿐이었다.

  마을 사람들도 여전히 그녀를 샹린댁이라고 불렀다. 하지만 말투가 예전과는 사뭇 달랐다. 그녀와 이야기를 나누긴 했지만 표정이 한결같이 냉랭했다. 그런데도 그녀는 전혀 개의치 않고 멍하니 눈을 뜬 채 자기가 꿈에도 잊을 수 없는 그때 그 일에 대해 말하곤 했다.

"저는 정말 바보였어요, 정말······."

그녀가 말을 이었다.

"산속 짐승들이 눈 내릴 때만 먹이를 찾아 마을에 내려오는 줄 알았지, 설마 봄에도 내려올 줄은 몰랐어요. 그날 저는 꼭두새벽에 일어나 문을 열고 작은 바구니 가득 콩을 담아 와서 아마오에게 문지방에 앉아 껍질을 벗기라고 했어요. 그 애는 말을 참 잘 들었어요. 제 말이라면 뭐든 잘 들었죠. 그날도 자다가 벌떡 일어나 밖으로 나왔지요. 저는 집 뒤로 가서 장작을 패고 쌀을 씻어서 솥에 앉혔어요. 콩을 삶으려고 애를 불렀는데 대답이 없는 거예요. 나와 보니 콩이 잔뜩 흩어져 있고, 우리 아마오가 보이질 않았어요. 우리 애는 평소에 다른 집에 놀러 가는 일이 없지만 혹시나 해서 여기저기 돌아다니며 찾아봤어요. 어디에도 없었어요. 저는 애가 타서 사람들한테 찾아 달라고 부탁했지요. 그래서 오후까지 찾아 돌아다니다가 산속으로 들어갔는데, 가시넝쿨에 아마오 신발이 걸려 있는 게 아니겠어요? 다들 그러더라고요. 큰일 났다고, 늑대한테 물려간 것 같다고. 더 들어가 보니까 정말로 우리 애가 풀숲에 누워 있었어요. 배 속의 내장을 다 먹혀 버린 채 말이죠. 아마오는 그때까지도 손에 바구니를 꼭 쥐고 있었어요……."

그녀는 끝내 목이 메어서 눈물을 흘렸다.

이 이야기는 상당히 효과가 있어서 마지막 대목에 이르면 남자들은 웃음을 거두고 어색해하며 자리를 떴다. 또 여자들은 그녀를 이해한다는 듯이 경멸하던 표정을 싹 지우고 함께 눈물을 떨구었다. 미처 이야기를 듣지 못한 나이 든 여자들은 일부러 찾아가 그 비참한 이야기에 귀를 기울였다. 그래서 그녀가 이야기를 다 마치고 흐느끼기 시작하면 그 여자들도 하나같이 눈물을 주르륵 흘리며 한숨을 쉬고는 만족스러운 표정으로 돌아갔다. 이러쿵저러쿵 자기들 생각을 늘어놓으면서.

그녀는 이렇게 자신의 비참한 이야기를 되풀이했다. 언제나 몇 명씩은 들어주는 사람이 있었다. 하지만 얼마 지나지 않아 모든 사람이 귀가 닳도록 들어서 부처를 믿는 너그러운 할머니조차 눈물 한 방울 보이지 않게 되었다. 나중에는 온 마을 사람들이 그녀의 이야기를 줄줄 외울 정도가 되었고, 마침내는 듣는 것조차 넌더리를 치게 되었다.

"저는 정말 바보였어요, 정말……."

그녀가 입을 열었다.

"그래, 자네는 산속 짐승들이 눈 내릴 때만 먹이를 찾아 마을에 내려오는 줄 알았다는 거잖아."

사람들은 대뜸 그녀의 말을 자르고 횅하니 가 버렸다.

그녀는 입을 벌린 채 서서 멍하니 그들을 쳐다보았다. 그러다가 자기도 자리를 떴다. 무안해하는 눈치였다. 하지만 그녀는 계속 그 생각을 버리지 못했다. 바구니, 콩, 아이만 봐도 기를 쓰고 자기 이야기와 연결시켰다. 예를 들어 두세 살 된 꼬마 아이를 보면 대뜸 이렇게 말했다.

"아이고, 우리 아마오가 살아 있었으면 딱 저만했을 텐데……."
아이는 그녀의 눈빛을 보고 놀라서 엄마의 옷자락을 당기며 빨리 가자고 졸랐다. 그래서 혼자 남겨지면, 그녀는 겸연쩍어하며 집으로 돌아가곤 했다. 나중에 사람들은 그녀의 근처에 아이만 있으면 웃는 듯 마는 듯한 표정으로 먼저 말을 건넸다.
"샹린댁, 당신네 아마오가 살아 있었으면 딱 이만했겠지?"
그녀는 자신의 슬픔이 이미 오랫동안 많은 사람들에게 오르내리며 씹힐 대로 씹혀 그저 귀찮고 혐오스러운 찌꺼기가 되었다는 사실을 알고 있었을까? 그랬다고 확신할 수는 없었다. 그러나 사람들의 표정에서 뭔가 차갑고 날카로운 느낌을 받았는지 더는 입을 열지 않았다. 그냥 힐끔 보기만 할 뿐 아무 대꾸도 하지 않았다.
루전 마을에서는 항상 12월 20일 이후부터 설 준비로 바빴다. 넷째 아저씨네 집은 임시로 남자 일꾼을 들였다. 그런데도 일손이 모자라서 따로 류 씨 아주머니까지 불러 일을 시켰다. 닭과 거위를 잡고 삶아야 하는데, 류 씨 아주머니는 신앙심이 깊은 불교 신자여서 채식을 하고 살생도 하지 않았다. 그래서 그릇 닦는 일만 고집했다. 샹린댁은 불을 때는 일 외에는 달리 할 일이 없어서 류 씨 아주머니가 그릇 닦는 모습을 그저 물끄러미 보고만 있어야 했다. 그때 싸락눈이 푸슬푸슬 내리기 시작했다.
"아, 저는 정말 바보였어요."

샹린댁은 하늘을 바라보고 탄식을 하면서 혼잣말처럼 입을 열었다.

"샹린댁, 또 시작이로군."

류 씨 아주머니는 귀찮은 듯 그녀의 얼굴을 쳐다보았다.

"저기 말이야, 당신 이마의 흉터는 그때 부딪혀서 생긴 거지?"

"아, 예."

그녀가 흐릿하게 대답했다.

"그런데 나중에는 왜 허락했어?"

"제가요?"

"그래, 당신 말이야. 내 생각에는, 결국 자기도 바란 거 아냐? 안 그랬으면……."

"아유, 그 남자가 얼마나 힘이 셌는데요."

"난 못 믿겠어. 당신처럼 힘센 여자가 꺾이다니, 못 믿겠단 말이야. 분명히 나중에는 자기도 원했을 거야. 그래 놓고서 그 남자가 힘이 셌다고 핑계를 대는 거라고."

"아이고, 참……. 아주머니도 직접 당해 봤으면 이런 소리 못 하실 텐데……."

그녀가 멋쩍게 웃었다.

류 씨 아주머니의 주름 잡힌 얼굴에도 웃음이 떠올랐다. 그 모습이 꼭 호두 껍질 같았다. 그녀의 메마른 작은 눈이 샹린댁의 이마를 스치더니 눈을 빤히 바라보았다. 샹린댁은 거북한 듯 금방 웃음을 거두고 눈길을 돌려 떨어지는 눈송이를 보았다.

"샹린댁, 당신은 정말 손해를 이만저만 본 게 아니야."

류 씨 아주머니는 알쏭달쏭한 말을 했다.

"좀 더 버텼거나 아예 머리를 부딪혀서 죽었다면 차라리 나았을 텐데……. 두 번째 남자와는 두 해도 같이 못 살고 큰 죄만 뒤집어썼어. 생각해 보라고, 나중에 저승에 가면 죽은 두 남편이 당신을 두고 싸울 거야. 당신은 누구한테 가겠어? 염라대왕은 할 수 없이 당신을 톱으로 썰어 두 사람한테 나누어 줄 거야. 생각해 보라고, 그건 정말……."

샹린댁의 얼굴에 공포 어린 기색이 나타났다. 산골 마을에서는 들어 본 적도 없고 생각해 본 적도 없는 이야기였다.

"그런 일은 하루빨리 막는 게 좋을 거야. 토지묘(토지신을 모시는 사당—옮긴이)에 가서 문지방을 바치고 수천, 수만 명에게 밟게 해. 그러면 이 세상의 죄가 모두 씻겨서 죽은 뒤에 고통을 받지 않을 거야."

샹린댁은 그 자리에서는 별다른 말을 하지 않았지만 아마도 무척 고민을 했던 모양이었다. 다음 날 아침에 일어났을 때는 눈가가 거뭇거뭇해져 있었다. 아침 식사를 마치자마자 그녀는 마을 서쪽의 토지묘에 가서 문지방을 바치겠다고 했다. 그곳 관리인은 처음에는 안 된다고 했지만 그녀가 눈물을 펑펑 흘리자 하는 수 없이 허락했다. 문지방 값은 은화 열두 냥이었다.

그녀는 그 뒤로 오랫동안 사람들과 말을 섞지 않았다. 진즉부터 사람들이 아마오의 이야기를 지긋지긋해했기 때문이다. 그런데 류 씨 아주머니와 이야기를 나눈 일이 또 소문으로 퍼지고 말았다. 새로운 이야깃거리에 흥미를 가진 사람들이 몰려와 그녀를 놀려 댔다. 이번 화제는 그녀 이마의 흉터였다.

"샹린댁, 그때는 왜 좋다고 한 거야?"

누군가 물었다.

"아이고, 아깝네. 머리는 괜히 부딪혔잖아."

다른 사람이 그녀의 흉터를 보면서 맞장구를 쳤다.

사람들의 웃음과 말투에서 조롱당하고 있다는 것을 알았는지 그녀는 늘 눈만 부릅뜰 뿐 아무런 대꾸를 하지 않았다. 나중에는 고개도 돌리지 않았다. 온종일 입술을 굳게 다물고 이마에는 모두가 손가락질하는 흉터를 가진 채 묵묵히 길을 걷고, 바닥을 쓸고, 채소를 씻고, 쌀을 일었다.

그렇게 일 년이 지나서 그녀는 숙모한테 그동안 쌓인 임금을 받았다. 그 돈을 은화 열두 냥으로 바꾼 다음, 말미를 얻어 마을 서쪽으로 갔다. 그녀는 한나절도 안 되어 돌아왔는데 눈에 띄게 안색이 밝아지고 눈빛도 초롱초롱해졌다. 토지묘에 문지방을 바치고 왔다고 숙모에게 명랑하게 말했다.

동짓날 제사를 준비할 때, 그녀는 더욱더 열심히 일했다. 숙모가 제수를 그릇에 담고 아뉴와 함께 탁자를 대청마루 가운데로 옮기는 동안 샹린댁은 술잔과 젓가락을 집어 들었다.

"놔둬, 샹린댁!"

숙모가 황급히 큰 소리로 말했다.

그녀는 불에 데기라도 한 듯 손을 움츠렸는데, 안색이 금세 잿빛으로 변했다. 촛대도 가지러 가지 못하고 그 자리에 멍청히 서 있기만 했다. 넷째 아저씨가 향을 피울 때는 밖으로 나가 있으라고 하자 그제야 비로소 그 자리를 떴다.

이 일로 그녀는 심각할 만큼 상태가 나빠졌다. 두 눈이 움푹 꺼지고 정신도 반쯤 나갔다. 겁도 많아져서 밤을 무서워할 뿐 아니라 검은 그림자만 봐도 깜짝 놀랐다. 자기 주인이라도 사람만 보면 마치 대낮에 구멍에서 나온 쥐새끼처럼 벌벌 떨었다. 그것도 아니면 목각 인형처럼 멍하니 앉아만 있었다. 그녀는 반년도 지나지 않아 머리가 희끗희끗해지고 기억력이 몹시 나빠졌다. 심지어 쌀 씻는 것까지 종종 까먹을 정도였다.

"샹린댁, 대체 왜 이러는 거야? 이럴 줄 알았으면 그때 집에 들이지 말 걸 그랬어."

한번은 숙모가 대놓고 이런 말까지 했다.

하지만 그녀는 변하지 않았다. 다시 정상으로 돌아올 가망은 거의 없어 보였다. 숙모와 넷째 아저씨는 그녀를 웨이 할멈에게 다시 보내 버리려고 했다. 내가 루전 마을에 있을 때는 그런 말이 오갔을 뿐이었는데, 이번에 일이 이렇게 된 걸 보니 결국 실

행에 옮긴 것이 분명했다. 그녀가 넷째 아저씨 집에서 쫓겨나자마자 거지가 된 것일까, 아니면 웨이 할멈 집에 가서 있다가 나중에 거지가 된 것일까? 그건 나도 잘 모르겠다.

  나는 근처에서 울려 대는 폭죽 소리에 놀라 정신을 차렸다. 콩알만 한 크기의 노란 등불이 보였고, 이어서 펑펑 폭죽이 터지는 소리가 들렸다. 넷째 아저씨 집에서는 '복을 비는 제사'를 한창 올리고 있었다.

  이미 오경이 되었다는 것을 깨달았다. 몽롱한 의식 속에서 나는 끊임없이 터지는 폭죽 소리를 들었다. 그 소리가 하나로 합쳐져 하늘을 뒤덮은 짙은 구름이 되었다가 춤추는 눈송이들과 뒤섞여 마을 전체를 감싸 안는 것 같았다. 이 시끄러운 소리에 싸여 나는 나른하고 편안한 기분에 잠겼다.

  어제 낮부터 오늘 초저녁까지 계속되던 걱정과 고민이 이 축복의 분위기 속에서 자취도 없이 사라져 버렸다. 하늘과 땅의 신들이 제물과 향 연기를 즐기고 취한 걸음으로 공중에서 비틀대면서 루전 마을 사람들에게 무한한 행복을 내릴 준비를 하는 듯했다.

1924년 2월

제 7 편
여와가 하늘을 고치다

1

여와(인류를 창조하고 사람들의 결혼을 관장하는 신으로, 중국에서 오랫동안 숭배되어 왔다.—옮긴이)는 번쩍 눈을 떴다.

꿈을 꾸다가 놀라 깨어난 것 같았다. 하지만 무슨 꿈이었는지는 벌써 잊어버렸다. 뭔가 모자란 것 같기도 하고, 반대로 뭔가 많은 것 같기도 해서 그냥 찜찜한 기분이 들었다. 산들바람이 부채질하듯 따스하게 불어와 그녀의 기운을 우주 가득 채웠다.

그녀는 눈을 비볐다.

분홍빛 하늘에는 수많은 초록색 구름들이 흘러가고 있었고,

그 뒤에는 별이 반짝반짝 눈을 깜박였다. 하늘 끝 붉은빛 노을 속에서 사방으로 빛을 발하는 태양은 마치 태고의 용암 속에서 꿈틀거리는 황금 공 같았다. 그리고 다른 쪽에는 쇠붙이처럼 차갑고 하얀 달이 있었다. 그러나 여와는 무엇이 떠오르고 무엇이 지는지 관심이 없었다.

땅 위에는 여린 초록색 식물이 가득했다. 잎갈이를 별로 하지 않는 소나무와 잣나무까지 유난히 부드러워 보였다. 분홍색과 흰색의 큼지막한 꽃들이 피어 있었다. 가까이 있으면 하나하나 잘 보였지만, 멀리 떨어져 보면 알록달록한 아지랑이 같았다.

'아아, 이렇게 따분하기는 처음이야!'

그녀는 이런 생각을 하며 벌떡 일어서서 둥글고 힘이 넘치는 팔을 위로 쭉 뻗어 기지개를 켰다. 그러자 그녀의 피부색에 묻혀 분홍빛 하늘이 갑자기 흐려지더니, 그녀가 있는 곳이 어딘지 잠깐 동안 분간할 수 없게 되었다.

그녀는 하늘과 땅 사이를 지나 해변으로 갔다. 바다로 들어가자 온몸의 곡선이 연한 장밋빛으로 녹아들더니 나중에는 몸 한가운데만 새하얀 색으로 짙어졌다. 놀란 파도가 규칙적으로 출렁이며 그녀의 몸에 물보라를 뿌렸다. 그녀의 하얀 그림자는 바닷물 속에서 일렁이면서 사방팔방으로 힘차게 튀어 흩어지는 듯했다. 하지만 그녀는 자신을 보지 못한 채 그저 한쪽 무릎을 꿇고 앉아서 물을 머금은 진흙을 움켜 올렸다. 그러다가 흙을 두 손에 쥐고 몇 번 주무르니 그녀와 비슷하게 생긴 조그마한 것이 두 손 사이에 나타났다.

"아!"

그녀는 자신이 만들었다는 것을 알면서도, 그것이 고구마처럼 원래 진흙 속에 있었던 것마냥 신기하기 그지없었다. 그 신기함이 즐겁기도 해서 전에 없이 유쾌하고 과감하게 그 일을 계속했다. 땀을 흘리고 숨을 헐떡이면서…….

"응애응애!"

갑자기 그 조그만 것들이 뜻밖의 소리를 질러 댔다.

"이런!"

그녀는 또다시 깜짝 놀랐다. 온몸의 땀구멍에서 뭔가 날아가 흩어지고 있는 듯했다. 땅 위에 우윳빛 안개가 뒤덮였다. 그녀가 간신히 정신을 가다듬고 나니, 그 조그만 것들도 입을 다물었다.

"아, 귀여워라."

그녀는 그것들을 똑바로 보면서 하얗고 통통한 얼굴에 진흙 묻은 손가락을 댔다.

"히힛."

그것들이 웃음을 터뜨렸다. 그녀가 세상에서 처음으로 본 웃음이었다. 그래서 그녀도 처음으로 입이 다물어지지 않을 정도로 웃어 댔다.

그것들과 놀아 주며 그녀는 계속해서 무언가를 만들었다. 어느새 주위는 그녀가 만든 것들로 가득 찼다. 그런데 그것들이 제각각 흩어지더니 말이 많아졌다. 그녀는 무슨 말인지 알아들을 수가 없었다. 시끄럽게 윙윙대는 소리에 머리가 어지러웠다.

오랫동안 신이 나서 일을 하다 보니 피곤해졌다. 숨도 가쁘고 땀도 흐르고 머리도 어질어질했다. 게다가 눈이 침침해지고 뺨에 열까지 오르기 시작했다. 그녀는 지금 자기가 뭘 하나 싶어 귀찮은 생각이 들었지만, 그래도 쉬지 않고 하던 일을 계속했다.

결국 다리와 허리가 시큰거리며 통증이 심해지자, 그녀는 몸을 일으켜 반짝이는 높은 산에 기대어 위를 바라보았다. 하늘에는 물고기 비늘 모양의 흰 구름이 가득했고, 아래쪽은 검은빛이 감도는 초록색으로 물들어 있었다.

그녀는 왠지 모르게 거북살스러운 느낌이 들어서 신경질적으로 손을 뻗어 아무것이나 잡히는 것을 퍽 잡아당겼다. 그 바람에 산 위에서 하늘 끝까지 자라 있던 등나무 넝쿨이 뽑혀 버렸다. 그 넝쿨에는 갓 피어난, 이루 말할 수 없이 커다란 보랏빛 꽃이 송이송이 달려 있었다. 그녀가 잡아 흔들자 등나무 넝쿨이 땅 위에 떨어졌고, 그 바람에 보라색과 흰색이 뒤섞인 꽃잎들이 여기저기 흩어졌다.

이어서 그녀가 손을 내저으니 등나무 넝쿨이 진흙탕으로 떨어지면서 흙탕물을 튀겼다. 그런데 그 흙탕물이 땅 위에 떨어지자마자 그녀가 방금 만든 것과 똑같은 조그만 것들이 생겨났다.

단지 그 대부분이 얼빠지고 못생겨서 밉살스러워 보였다. 하지만 그녀는 그런 것까지 알아볼 겨를이 없었다.

그녀는 신이 나서 짓궂은 장난을 치듯 점점 더 빠르게 손을 휘둘렀다. 등나무 넝쿨은 마치 끓는 물에 덴 뱀처럼 땅 위를 구르며 계속해서 폭우가 쏟아지듯 흙탕물을 튀겼고, 흙탕물은 땅에 떨어지기도 전에 응애응애 우는 조그만 것들로 변했다. 그것들은 땅 위로 흩어져 꼬물꼬물 기어 다녔다.

그녀는 거의 정신을 잃을 지경이 될 때까지 계속 손을 휘둘렀다. 그래서 다리와 허리는 물론이고, 두 팔의 힘까지 다 빠져 버렸다. 그녀는 저도 모르게 웅크리고 앉아 머리를 산에 기댔다. 칠흑 같은 머리카락을 산꼭대기에 걸친 채 잠시 숨을 헐떡인 뒤, 한숨을 쉬고는 두 눈을 감았다. 등나무 넝쿨이 그녀의 손아귀에서 떨어져, 지친 듯 축 늘어진 채 땅 위에 가로누웠다.

2

쿠르릉! 천지가 무너지는 것 같은 소리에 여와는 갑자기 깨어났다. 동시에 남동쪽 방향으로 몸이 미끄러져 내려갔다. 그녀는 발을 뻗어 멈추려 했지만 아무것도 밟히는 것이 없었다. 팔을 뻗어 산봉우리를 붙잡고서야 겨우 더는 아래로 떨어지지 않았다.

그런데 이번에는 물과 모래가 등 뒤에서 머리와 몸 쪽으로 쏟아져 내렸다. 고개를 조금 돌리자 입과 귀로 물이 쏟아졌다. 그녀는 얼른 머리를 숙였다. 땅이 쉴 새 없이 흔들리고 있었다. 다행히 그 흔들림은 차차 가라앉았고, 그녀도 고개를 들고 몸을 바로 세우고 주저앉았다. 그제야 이마와 눈가의 물을 훔쳐 내고 주위를 자세히 둘러보았다.

무슨 일이 생겼는지 알 수가 없었다. 곳곳에 폭포처럼 세차게 물이 흘렀다. 몇 군데에서는 가파르게 파도가 솟구쳤다. 바다 속이리라. 그녀는 멍하니 기다릴 수밖에 없었다.

마침내 모든 것이 조용해졌다. 파도는 방금 전의 산 높이 정도밖에 되지 않았고, 육지처럼 보이는 곳에서 날카로운 바위가 드러났다. 그녀는 바다 위를 보았다. 산 몇 개가 떠내려와 파도 속에서 소용돌이치고 있었다. 그 산들이 자신의 발에 부딪힐 것 같아 그녀는 손을 뻗어 집어냈다. 산자락을 보니 예전에 본 적 없는 것들이 다닥다닥 붙어 있었다.

여와는 산을 가까이 끌어와 자세히 살폈다. 붙어 있는 것들 옆의 땅 위에는 토사물 같은 것이 흩어져 있었다. 금가루, 옥가루에 다 씹은 솔잎과 생선 살코기가 섞여 있는 듯했다. 그것들이 하나씩 천천히 고개를 들었다. 그녀는 눈을 크게 뜨고 자세히 살피고 나서야 간신히 그것들이 자기가 만든 조그만 것들이라는 것을 알아챘다. 그런데 모양이 조금 이상했다. 뭔가로 몸을 감싸고 있었고, 그중 몇몇은 턱에 눈처럼 하얀 털이 나 있었다. 그 털은 바닷물에 엉겨 붙어 마치 뾰족한 백양나무 잎 같았다.

"아, 이런!"

그녀는 놀라고 두려워서 소리를 질렀다. 송충이를 만진 듯 몸에 소름이 돋았다.

"신이시여, 살려 주세요······."

턱에 흰 털이 난 자가 고개를 들고 구역질을 하며 더듬더듬 말했다.

"살려 주세요. 저희는······ 신선이 되는 공부를 하다가······ 난데없이 천지가 무너지는 바람에······. 지금 다행히 신을 만나 뵈었으니······ 이 보잘것없는 생명을 구해 주세요. ······또 신선이 되는 약도 주시고······."

그러면서 고개를 들었다 숙였다 하며 희한한 동작을 취했다.

그녀는 어안이 벙벙해서 이렇게 물었다.

"뭐라고?"

그들 중 많은 것들이 입을 열었다. 대부분 구역질을 하면서 "신이시여, 신이시여." 하고 외치며 이상한 동작을 따라 했다.

그녀는 그들의 시끄러움에 짜증이 났다. 그리고 왜 산 따위를 잡아서 이런 성가신 일을 만들었는지 후회가 되었다. 그리고 어찌해야 할지 몰라 사방을 둘러보는데, 거대한 거북 떼가 바다에서 헤엄치며 노는 광경이 눈에 띄었다. 그녀로서는 뜻밖의 기쁨이었다. 즉시 그 산을 거북의 등에 올리고 당부했다.

"조금 조용한 곳으로 실어다 줘!"

거북들은 고개를 끄덕이고는 떼를 지어 멀리 사라졌다. 그런데 산을 집어 올릴 때 떨어졌는지 턱에 흰 털이 난 자 하나가 뒤에 남았다. 그자는 산을 쫓아가지도 못하고 수영도 할 줄 몰라서 바닷가에 엎드린 채 자기 뺨을 철썩철썩 때리고 있었다. 여와는 불쌍하다는 생각이 들었지만 이내 외면해 버렸다. 사실 그런 일까지 신경 쓸 겨를이 없었다.

휴, 하고 한숨을 내쉬고 나니 마음이 조금 편해졌다. 그러고서 다시 주변으로 시선을 돌렸다. 이제 물이 많이 빠져서 여기저기 널찍한 땅과 돌이 드러났고, 돌 틈에는 방금 전의 그런 자들이 또 끼어 있었다. 어떤 자는 뻣뻣하게 굳어 버렸고, 어떤 자는 아직도 꿈틀거렸다. 그녀는 그중의 하나가 자기를 멍하니 바라보고 있는 것을 깨달았다. 온몸에 쇳조각을 두른 채 얼굴에는 실망과 두려움이 가득했다.

"무슨 일이야?"

그녀는 내친 김에 한번 물어보았다.

"아아, 하늘이 화를 내리셨도다."

그자가 슬프고 불쌍한 말투로 입을 열었다.

"전욱이 도리를 어기고 공공(전욱과 함께 임금 자리를 놓고 싸움을 벌였다는 신화 속 인물―옮긴이) 님께 반기를 들었습니다. 그래서 우리 공공 님이 몸소 천벌을 내리려고 싸움을 벌이셨으나 하늘이 돕지 않았습니다. 오히려 우리 군사들이 패하자……."

"뭐라고?"

그녀는 그런 이상한 말은 들어 본 적이 없었다.

"오히려 우리 군사들이 패하고 공공 님은 부주산(하늘을 지탱하는 기둥으로 상상되었던 가상의 산—옮긴이)을 들이받으셨습니다. 그 바람에 하늘을 받치던 기둥이 꺾이고 땅을 동여맨 밧줄이 끊어지고, 우리 공공 님도 돌아가셨습니다. 아아, 이것은 실로……."

"아, 됐어, 됐어. 무슨 소리인지 알아들을 수가 없네."

그녀는 얼굴을 홱 돌렸다. 이번에는 얼굴에 기쁨과 자랑스러움이 가득한 자가 눈에 들어왔다. 그자 역시 온몸에 쇳조각을 두르고 있었다.

"무슨 일이 생긴 거야?"

이제야 그녀는 그 조그만 것들이 서로 얼굴이 다르다는 것을 알아차렸다. 그래서 알아들을 만한 다른 대답을 들을 수 있을지도 모른다고 기대했다.

"사람의 마음이 간사해서 공공이 탐욕을 품고 왕의 자리를 넘보았습니다. 그래서 우리 전욱 님이 몸소 천벌을 내리려 싸우셨고 하늘이 도왔습니다. 우리 군사들은 승승장구하여 공공을 부주산에서 처단했습니다."

"무슨 소리야?"

그녀는 이번에도 이해가 되지 않았다.

"사람의 마음이 간사해서……."

"됐어, 됐다고. 또 그 타령이야!"

그녀는 화가 나서 양 볼에서 귀밑까지 새빨개졌다. 황급히 고개를 돌려 다른 곳을 살폈다. 쇳조각을 두르지 않은 자를 어렵게 찾아내었다. 벌거벗은 몸에 상처가 있었는데 아직도 피를 흘리고 있었다. 허리춤에 누더기 한 장만 달랑 두르고 있었다. 이미 뻗어 버린 자의 허리에서 벗긴 누더기를 급히 허리에 동여맨 것이었지만 표정은 사뭇 담담했다.

그녀는 그자가 쇳조각을 두른 자들과는 달라 보여서 틀림없이 무슨 실마리를 찾을 수 있을 것이라고 생각했다.

"무슨 일이 생긴 거야?"

"무슨 일이 생겼지요."

그자가 살짝 고개를 들고 말했다.

"아까 벌어진 일은……."

"아까 벌어진 일이요?"

"싸움이 났나 보지?"

그녀는 급한 마음에 혼자 추측해서 말했다.

"싸움이겠죠?"

그러자 상대방도 그녀에게 되물어왔다.

여와는 한숨을 쉬면서 하늘을 올려다보았다. 하늘이 굉장히 깊고 넓게 갈라져 있었다. 그녀는 일어서서 그곳을 손가락으로 통겨 보았다. 맑은 소리가 나지 않고 깨진 그릇을 통기는 것 같은 소리가 났다. 그녀는 미간을 찡그리고는 사방을 쏙 둘러본 뒤 잠깐 생각에 잠겼다. 그러고는 바로 머리카락에 묻은 물을 짜내고 두 갈래로 나누어 양쪽 어깨에 걸친 다음, 기운을 내어 여기저기로 갈대를 뽑으러 다녔다. 손상된 곳을 우선 고치기로 마음을 굳혔다.

이날부터 그녀는 밤낮 없이 갈대를 쌓아 올렸다. 갈대 더미는 점점 높아졌지만 그녀는 외려 살이 빠졌다. 예전과 상황이 많이 달라졌기 때문이다. 올려다보면 기울고 갈라진 하늘이고, 내려다보면 망가지고 더러워진 땅이어서 뭐 하나 보고 즐길 만한 것이 없었다.

갈대 더미가 하늘의 갈라진 곳에 닿자, 그녀는 파란 돌을 찾으러 나섰다. 처음에는 하늘 색깔처럼 새파란 돌만 쓸 생각이었지만 땅 위에는 그런 돌이 많지 않았다. 때로는 복잡한 곳에 가서 자잘한 돌을 주워 왔는데, 조그만 것들이 비웃거나 욕하기도 하고 돌을 도로 빼앗아 가기도 했다. 심지어 그녀의 손을 물어뜯는 자도 있었다.

그녀는 할 수 없이 흰 돌도 모았고, 나중에는 불그스레한 돌과 거무스름한 돌까지 끌어모아 갈라진 곳을 그럭저럭 메웠다. 이제 불을 붙여 돌을 녹이기만 하면 모든 일이 끝이었다. 하지만 그녀는 지친 나머지 눈이 어지럽고 귀가 윙윙거려서 더 이상 버티기가 힘들었다.

"아, 이렇게 따분하기는 정말 처음이네."

그녀는 산꼭대기에 앉아 두 손으로 머리를 감싼 채 숨을 헐떡이며 말했다. 그 무렵, 곤륜산(중국 서쪽에 있는 신화 속의 산으로, 늙지도 죽지도 않은 이상향으로 여겨졌다.—옮긴이)의 옛 숲에 난 큰 불이 아직 꺼지지 않아서 서쪽 하늘가가 온통 붉게 물들어 있었다. 서쪽을 힐끔 보고서 그녀는 곤륜산의 불붙은 나무 한 그루를 뽑아 와 갈대 더미에 불을 지르기로 마음먹었다. 그래서 손을 막 뻗으려는데 갑자기 발가락이 따끔했다.

그녀는 아래를 내려다보았다. 이번에도 전에 만든 그 조그만 것이었다. 그런데 모양이 가관이었다. 몸에 천 같은 것을 주렁주렁 걸치고 허리에도 십여 겹의 천 쪼가리를 매달았다. 그리고 뭔지 모를 것으로 머리를 싸맨 채 작고 네모난 검정색 널빤지를 그 위에 얹고 있었다. 손에 뭔가를 들고 있는데, 아마 그것으로 여와의 발가락을 찌른 듯했다.

머리에 네모난 널빤지를 얹은 그자가 여와의 두 다리 사이에 서서 위를 올려다보았다. 그러다가 여와가 눈길을 주자 황급히 손에 든 것을 위로 치켜들었다. 그녀가 받아서 보니 얇고 반들반들한 파란색 대나무 조각이었다. 그 위에 두 줄로 찍힌 검은 점들은 떡갈나무 잎의 검은 반점보다 훨씬 작았다. 그녀는 그 정교한 솜씨에 매우 감탄했다.

"이게 뭐지?"

호기심을 누르지 못하고 그녀가 물었다. 그자는 대나무 조각을 가리키며 술술 외듯이 말했다.

"벌거벗고 음탕하게 굴면 덕을 잃고 예를 버리고 정도를 어지럽히게 되니, 곧 날짐승과 다름없다. 나라의 형벌로 이를 금지한다!"

여와는 그자를 한번 노려보았지만 자기가 섣불리 물어보았다는 생각이 들어서 이내 쓴웃음을 지었다. 이런 자들과 이야기를 해 봤자 말이 통하지 않는다는 것을 이미 알고 있지 않던가? 그녀는 더 이상 말하지 않고 손이 가는 대로 대나무 조각을 그자 머리 위의 네모난 널빤지 위에 올려놓았다. 그러고는 불타는 숲에서 커다란 나무 한 그루를 뽑아 와 갈대 더미에 불을 지르려고 했다.

별안간 "엉엉!" 하는 소리가 들렸다. 전에는 들어 본 적이 없는 소리여서 그녀는 다시 아래를 힐끔 보았다. 네모난 널빤지 밑의 작은 눈에 겨자씨보다 작은 눈물방울이 그렁그렁 맺혀 있었다. 그자의 소리는 예전에 그녀가 들었던 '응애응애' 소리와는 퍽 달랐다. 그래서 울음소리인지 미처 알지 못했다.

그녀는 곧 갈대 더미 곳곳에 불을 붙였다.

불길이 별로 세지도 않고 갈대가 다 마르지도 않았지만 피식피식 소리가 나더니 무수한 불꽃의 혓바닥이 늘어났다 줄어들었다 하며 위를 향해 핥아 올랐다. 얼마 뒤에는 불꽃이 하나로 합쳐져 겹벚꽃 모양으로, 그다음에는 기둥 모양으로 타올라 곤륜산 위의 붉은빛을 압도했다. 갑자기 세찬 바람까지 불어오자 불기둥이 소용돌이치며 울부짖었고, 파란 돌과 갖가지 색의 돌들이 모두 새빨갛게 변하더니 끈적끈적한 엿처럼 늘어져 하늘의 갈라진 틈을 메웠다. 그 모양이 마치 불멸의 번개 같았다.

바람과 불길이 그녀의 머리카락을 휘감아 사방에 흩날리고 소용돌이쳤다. 그녀는 폭포처럼 땀을 흘렸다. 거대한 불길이 그녀의 몸을 비추자, 온 우주에 연홍색 빛이 퍼졌다.

불기둥이 차츰 치솟더니 한 무더기 재만 남았다. 하늘이 다시 파래지고 나서야 그녀는 손을 뻗어 메워진 부분을 만져 보았다. 아직 좀 우툴두툴한 느낌이었다.

'기운을 되찾으면 다시 해야지.'

이런 생각을 하면서 그녀는 허리를 숙여 재를 한 움큼 두 손에 담아 땅 위의 큰 물속에 버렸다. 아직 식지 않은 재가 떨어지는 바람에 물이 칙칙 소리를 내며 끓어올라 그녀의 몸에 온통 잿물을 뿌렸다. 여기에 세찬 바람까지 재를 날려 그녀는 완전히 잿빛이 되어 버렸다.

"휴우……."

그녀는 마지막 숨을 토해 냈다.

하늘 끝의 붉은빛 노을 속에서 사방으로 빛을 발하는 태양은 마치 태고의 용암 속에서 꿈틀거리는 황금 공 같았다. 그리고 다른 쪽에는 쇠붙이처럼 차갑고 하얀 달이 있었다. 그러나 무엇이 떠오르고 무엇이 지는지 알 수 없었다.

이때 스스로 자신의 모든 것을 다 써 버린 그녀의 육신이 태양과 달 사이에 쓰러져 누웠다. 그리고 더는 숨을 쉬지 않았다.

아래와 위, 그리고 사방이 죽음보다 더 고요했다.

3

어느 추운 날, 조금 시끄러운 소리가 들렸다. 드디어 금군(고대에 왕과 궁궐을 수호하던 군대—옮긴이)이 들이닥친 것이었다. 그들은 불빛과 연기가 보이지 않을 때까지 기다리느라 늦게 도착했다. 그들의 왼편에는 노란 도끼가, 오른편에는 검은 도끼가, 그리고 뒤편에는 아주 크고 오래된 깃발이 세워져 있었다.

그들은 조심조심 여와의 시체 옆까지 공격해 왔지만 아무런 기척도 느낄 수 없었다. 그들은 시체의 배 위에 올라가 진을 쳤다. 그곳에 지방질이 가장 두껍게 끼어 있었다. 그것은 매우 현명한 선택이었다. 그런데 갑자기 그들이 말투를 바꿔 오직 자기들만이 여와의 직계 후손이라고 말했다. 그러면서 깃발에 적힌 과두문자(중국 고대 문자. 머리는 크고 꼬리 부분이 가늘어서 올챙이 모양과 비슷하다고 여겼다.—옮긴이)를 '여와의 창자(여와의 창자가 변하여 열 명의 신이 되었다는 기록이 있다.—옮긴이)'라고 고쳤다.

  바닷가에 홀로 남았던 늙은 도사는 대대손손 자손을 이어 갔다. 죽기 전에 그는 거대한 거북들이 신선의 산을 지고 바다를 건너갔다는 이야기를 제자들에게 전했고, 그 제자들은 또 자기 제자들에게 전했다. 나중에는 한 방사(고대에 불로불사의 약이나 신선이 되는 방법을 연구하던 사람—옮긴이)가 진시황을 찾아가 환심을 사기 위해 그 이야기를 아뢰었다. 진시황은 그 산을 찾으라고 방사에게 명령했다.

  방사는 신선의 산을 찾지 못했고 진시황은 결국 죽어 버렸다. 한무제도 찾으라고 명령했지만 역시 그림자도 찾지 못했다. 아마 거북들은 여와의 말을 알아듣지 못했을 것이다. 그저 우연히 고개를 끄덕인 것에 불과했을 것이다. 그래서 얼마 동안 등에 신고 가다가 뿔뿔이 흩어졌을 테고, 신선의 산은 결국 물에 잠겨 버렸을 것이다. 그런 이유로 지금까지 신선의 산을 단 반쪽이라도 본 사람이 없다. 기껏해야 무인도 몇 개가 발견되었을 뿐이다.

1922년 11월

제 8 편
노자가 관문을 떠나다

노자는 꼼짝도 하지 않고 앉아 있었다. 마치 나무토막처럼.

"선생님, 공구(공자의 본명—옮긴이)가 또 왔습니다!"

그의 제자 경상초가 귀찮아하는 표정으로 들어와 목소리를 낮춰 말했다.

"여기 앉으시지요."

"선생님, 안녕하셨습니까?"

공자가 매우 공손히 절을 하며 말했다.

"저야 늘 그렇지요."

노자가 답했다.

"선생님은 어떠신가요? 여기 있는 책들은 다 읽으셨는지요?"

"다 읽긴 했는데 그게……."

노자가 대답을 끝내기도 전에 공자가 안절부절못하며 끼어들었다. 예전에는 보이지 않던 모습이었다.

"저는 《시경》,《서경》,《예기》,《악기》,《주역》,《춘추》, 이 여섯 경전을 오랫동안 깊이 연구했다고 자부합니다. 그런데 일흔두 명의 군주를 만나 보았지만, 아무도 저를 등용해 주지 않았습니다. 사람의 일이란 정말로 알 수 없는 것이더군요. 아니면 '도'가 알 수 없는 것입니까?"

"그래도 당신은 운이 좋은 편입니다."

노자가 말했다.

"능력 있는 군주를 못 만났으니까요. 여섯 경전이라는 것은 옛날 왕들의 오랜 발자취일 뿐입니다. 그 발자취라는 게 어디서 만들어졌겠소? 당신의 말도 그 발자취와 같아요. 발자취는 신발이 땅을 밟아서 생긴 것이지요. 그렇다고 발자취가 곧 신발은 아니지 않소?"

노자는 잠시 쉬었다가 다시 말을 이었다.

"백로는 눈동자 하나 깜빡하지 않고 서로 바라보기만 해도 저절로 새끼를 배지요. 벌레는 수컷이 바람 부는 쪽에서 울고 암컷이 바람을 받는 쪽에서 답하면 저절로 새끼를 뱁니다. 어떤 종은 한 몸에 암수를 다 갖고 있어서 저절로 새끼를 밸 수도 있지요. 본성은 고칠 수가 없고 운명은 바꿀 수가 없으며 시간은 멈출 수가 없어요. 도 또한 막을 수가 없습니다. 도를 얻기만 하면 무엇이든 할 수 있지만 도를 잃으면 아무것도 할 수 없어요."

공자는 몽둥이로 머리를 한 대 맞은 듯 넋을 잃고 앉아 있었다. 마치 나무토막처럼.

팔 분쯤 뒤, 그는 깊이 한숨을 쉬고는 일어나서 작별을 고했다. 여느 때처럼 노자의 가르침에 공손히 감사 인사를 하는 것도 잊지 않았다.

노자는 그를 붙잡지 않았다. 일어나서 지팡이를 짚고 도서관 정문 밖까지 배웅했다. 그리고 공자가 수레에 오르려고 할 때에 비로소 한마디 건넸다.

"가시려고요? 차라도 한잔 들고 가시지……."

공자는 "네, 네." 하고 대답하며, 수레에 올라 양손을 모은 채 매우 공손한 태도로 판자에 몸을 기댔다. 염유(공자의 제자—옮긴이)가 허공에 채찍을 휘두르며 "이랴!" 하고 외치자 수레가 움직이기 시작했다. 노자는 수레가 대문에서 십여 걸음 멀어지고 나서야 방으로 돌아갔다.

"선생님, 오늘은 기분이 좋으신 것 같습니다."

노자가 반듯이 앉은 것을 보고 경상초가 옆에 서서 손을 내린 채 말했다.

"그렇다네."

노자는 가볍게 숨을 내쉬고는 조금 지친 듯이 말했다.

"내가 말이 많았지."

그러더니 갑자기 무언가 생각난 듯 말했다.

"아, 공구가 가져온 거위 고기는 소금에 절여 말린 것이겠지? 그건 자네가 쪄 먹도록 하게. 나는 이가 없어 씹지 못하니."

경상초가 밖으로 나갔다.

노자는 또다시 조용히 눈을 감았다. 도서관은 매우 조용했다. 대나무 막대기가 처마에 부딪히는 소리만 들렸다. 경상초가 처마에 걸어 둔 거위 고기를 내리는 소리였다.

어느 새 석 달이 지났다. 노자는 여전히 꼼짝도 않고 앉아 있었다. 마치 나무토막처럼.

"선생님, 공구가 왔습니다!"

경상초가 의아해하는 표정으로 들어와 목소리를 낮춰 말했다.

"오랫동안 오시지 않았지요? 이번에는 대체 무슨 일로……."

"여기 앉으시지요."

노자는 여느 때처럼 이 한마디만 했다.

"선생님, 안녕하셨습니까?"

공자가 매우 공손히 절을 하며 말했다.

"저야 늘 그렇지요."

노자가 답했다.

"오랫동안 못 뵈었는데, 바깥 출입은 안 하시고 공부만 하신 모양이지요?"

"아, 별말씀을."

공자가 겸손하게 말했다.

"외출을 삼가고 계속 생각을 했습니다. 이제야 문제가 좀 풀렸어요. 까마귀와 까치가 입을 맞추고, 물고기가 침을 바르고, 허리가 가는 벌이 다른 것을 변화시키고, 엄마가 동생을 임신하자 형이 웁니다. 저는 오랫동안 변화 속에 스스로 몸을 던지지 않았습니다. 그래 놓고 어떻게 남을 변화시킬 수 있겠습니까!"

"바로 그겁니다!"

노자가 말했다.

"드디어 깨달았군요!"

두 사람은 이때부터 입을 굳게 다물었다. 마치 두 개의 나무토막처럼.

팔 분쯤 뒤, 공자는 깊이 한숨을 쉬고는 일어나서 작별을 고했다. 여느 때처럼 노자의 가르침에 공손히 감사 인사를 하는 것도 잊지 않았다.

노자는 그를 붙잡지 않았다. 일어나서 지팡이를 짚고 도서관 정문 밖까지 배웅했다. 그리고 공자가 수레에 오르려고 할 때에 비로소 한마디 건넸다.

"가시려고요? 차라도 한잔 들고 가시지……."

공자는 "네, 네." 하고 대답하며 수레에 올라 양손을 모은 채 공손한 태도로 판자에 몸을 기댔다. 염유가 허공에 채찍을 휘두르며 "이랴!" 하고 외치자 수레가 움직이기 시작했다. 노자는 수레가 대문에서 십여 걸음 멀어지고 나서야 방으로 돌아갔다.

"선생님, 오늘은 기분이 별로 좋지 않으신 것 같습니다."

노자가 반듯이 앉은 것을 보고 경상초가 옆에 서서 손을 내린 채 말했다.

"말씀이 거의 없으시던데······."

"자네 말이 맞네."

노자는 가볍게 한숨을 쉬고는 조금 지친 듯이 말했다.

"그런데 자네가 모르는 게 한 가지 있네. 이제 떠나야 할 때가 된 것 같구나."

"왜 떠나신다는 겁니까?"

경상초는 마른 하늘에 벼락이라도 맞은 듯 깜짝 놀랐다.

"공구는 이미 내 뜻을 알아차렸네. 세상에 오직 나만이 자기 속을 꿰뚫어본다는 것을 알았으니 분명 마음을 놓지 못할 게야. 내가 떠나지 않는다면 아주 불편하겠지······."

"그렇다면 그것이 같은 '도' 아닙니까? 그런데 왜 떠나신다는 겁니까?"

"아니야."

노자는 손사래를 쳤다.

"우리의 '도'는 같지 않아. 똑같은 신발이어도 내 것은 모래를 밟는 것이고, 그 사람 것은 조정에 오르는 것이지."

"하지만 선생님은 그의 스승입니다!"

"자네는 내 밑에서 그렇게 오래 배웠는데도 여전히 어리석구나."

노자가 웃음을 지으며 말을 이었다.

"이것이야말로 본성은 고칠 수 없고 운명은 바꿀 수 없다는 것이라네. 자네는 공구와 다르다는 것을 알아야 해. 그는 다시 오지 않을 것이고 나를 선생이라 부르지도 않을 것이야. 나를 늙은이라고 부르면서 뒤에서 술수를 부리려고 할 테지."

"정말로 생각지도 못한 일입니다. 하지만 선생님께서 사람을 보시는 눈이 틀릴 리가……."

"아니, 나도 틀리곤 하지."

"그러시면……."

경상초는 잠시 생각에 잠겼다가 입을 열었다.

"그와 한번 맞서 보시는 게……."

노자는 또 웃고 나서 입을 크게 벌리고 경상초에게 말했다.

"보거라, 내 이가 얼마나 남아 있느냐?"

"없습니다."

"혀는 있고?"

"있습니다."

"알아들었느냐?"

"단단한 것은 일찍 떨어져 나가지만 부드러운 것은 오래 남는다는 뜻인지요?"

"자네 말이 맞네. 자네도 이제 짐을 싸서 집으로 돌아가 아내를 만나는 것이 좋겠군. 다만, 그 전에 먼저 내 푸른 소에 빗질을 하고, 안장을 햇볕에 말려 주게. 내일 아침에 그걸 타고 떠날 테니."

노자는 함곡관(황허의 남쪽에 있으며, 옛날부터 요새로 알려진 관문―옮긴이)에 도착했지만 관문으로 가는 큰길로 곧장 접어들지 않고 소 고삐를 당겨 샛길로 빠졌다. 성벽 아래로 천천히 돌아갈 생각이었다.

그는 성벽을 넘어가려고 했다. 성벽은 그리 높지 않았다. 소의 등을 밟고 몸을 쭉 펴면 어렵사리 넘어갈 만했다. 하지만 푸른 소는 성벽 안쪽에 남겨 두어야 했다. 바깥으로 옮겨 놓을 방법이 없었다. 굳이 옮기려면 기중기를 써야 하는데, 당시에는 노반과 묵적(춘추 전국 시대 사람으로 전쟁과 관련된 기계나 도구를 잘 만들었다.―옮긴이)이 아직 태어나지 않았고, 노자 자신도 그런 물건이 있는지 상상도 하지 못할 때였다. 그는 명석한 두뇌를 다 쥐어짜고도 방법을 마련하지 못했다.

게다가 샛길로 빠지다가 그만 보초에게 발각되었다. 보초는 즉시 관문의 관리에게 가서 보고를 했다. 그 바람에 노자가 성벽을 삼십 미터도 채 돌아가지 못했을 때, 한 무리의 사람과 말이 뒤에서 쫓아왔다. 보초가 말을 달려 맨 앞에 왔고, 그 뒤로 관문의 관리인 관윤희가 왔다. 순경 네 명과 검사원 두 명도 있었다.

"멈추어라!"

몇 명이 고함을 쳤다.

노자는 얼른 푸른 소를 멈춰 세우고는 더 이상 꼼짝하지 않았다. 마치 나무토막처럼.

"아니, 이런!"

관윤희가 앞으로 나와서 노자의 얼굴을 보고는 깜짝 놀라 소리를 질렀다. 그는 즉시 말에서 내려 양손을 모아 예의를 차렸다.

"누구신가 했더니 노담(노자의 본명—옮긴이) 관장님이셨군요? 정말 생각지도 못했습니다."

노자도 급히 소의 등에서 내려와 눈을 가늘게 뜨고 상대방이 누군지 살피다가 어물어물 입을 열었다.

"제가 기억력이 좋지 않아서……."

"당연히 그러시겠지요. 저를 잊으셨을 겁니다. 저는 관윤희입니다. 일전에 세금 관련 책을 보러 도서관에 간 적이 있습니다. 그때 선생님을 뵈었지요."

그때 한 검사관이 푸른 소 등에 얹혀 있는 안장을 뒤집어 보고 검사봉으로 구멍을 뚫어 손가락을 집어넣었다. 그러고는 아무 말도 하지 않고 입술을 꽉 다문 채 물러났다.

"선생님은 성벽 주위를 산책하고 계신 건가요?"

관윤희가 물었다.

"아니, 관문 밖으로 나가려고 했소. 신선한 공기나 좀 쐬려고……."

"좋은 일이죠! 아주 좋습니다! 요즘은 누구나 건강에 신경을 쓰죠. 건강은 아주 중요한 겁니다. 하지만 얻기 힘든 기회이니 선생님을 며칠 여기에 모시고 가르침을 듣고 싶습니다."

노자가 뭐라고 하기도 전에 순경 네 명이 다가와 그를 떠메어 소의 등에 앉혔다. 이어서 검사원이 소 엉덩이를 검사봉으로 찌르자, 소는 꼬리를 말고 즉시 걸음을 옮겼다. 그들은 함께 관문 입구로 갔다.

관문에 도착하자 사람들은 대청 문을 열고 노자를 맞아들였다. 그 대청은 성 누각의 한가운데 있는 방이었다. 창밖을 보니 온통 황토로 이뤄진 들판인데, 멀어질수록 낮게 보였다. 또한 하늘이 새파랗고 공기 또한 좋았다.

그 웅장한 관문은 험한 산비탈 위에 있었는데, 관문 밖 왼쪽과 오른쪽은 전부 흙언덕이었다. 그 중간을 가로지르는 수레 길은 마치 절벽과 절벽 사이에 있는 듯했다. 그래서 진흙 한 덩이만으로도 관문을 완전히 봉쇄할 수 있을 것 같았다.

모두 끓인 물을 마시고 만두를 먹었다. 관윤희는 노자에게 잠시 휴식을 취하게 한 뒤, 강연을 해 달라고 요청했다. 노자는 피할 수 없는 일이라는 것을 일찍이 알고 있었기 때문에 두말 않고 승낙했다. 한 차례 웅성웅성한 끝에 방 안은 강연을 듣기 위해 온 청중들로 가득 찼다. 방금 전에 같이 온 여덟 명 말고도 순경 네 명, 검사원 두 명, 보초 다섯 명, 서기 한 명, 그리고 회계와 요리사까지 있었다. 몇 명은 강의 내용을 받아 적으려고 붓과 나무판, 칼(종이가 없었을 때 나무판에 붓으로 글씨를 쓰다가 잘못 썼을 경우에는 칼로 나무판을 깎아 내고 다시 썼다.—옮긴이)까지 가져왔다.

노자는 나무토막처럼 가운데에 묵묵히 앉아 있었다. 한동안 침묵이 흘렀다. 노자는 기침을 몇 번 하고는 드디어 흰 수염 속의 입술을 움직이기 시작했다. 사람들은 즉시 숨을 죽이고 귀를 기울였다. 그의 느릿느릿한 말소리가 들렸다.

"말할 수 있는 도는 항상 변하지 않는 도가 아니요, 부를 수 있는 이름은 항상 변하지 않는 이름이 아니다. 이름이 없을 때는 우주의 근원이요, 이름이 있을 때는 만물의 근간이다……."

사람들은 서로 마주 보기만 하고 받아 적지 못했다.

"따라서 항상 무욕(無欲)으로 그 미묘한 본체를 살펴보고……."

노자는 말을 이었다.

"항상 유욕(有欲)으로 그 순환하는 현상을 살핀다. 무욕과 유욕은 같은 근원에서 나오고서도 이름이 다르지만, 둘 다 헤아릴 수 없을 만큼 미묘한 것이다. 미묘한 가운데 또 미묘한 도는 모든 이치가 나오는 문이며…….”

다들 곤란한 표정을 지었다. 몇 명은 좀이 쑤셔 어찌할 바를 몰랐다. 한 검사관은 크게 하품을 하고 서기는 꾸벅꾸벅 졸다가 칼과 붓, 나무판을 한꺼번에 바닥에 떨어뜨렸다.

노자는 눈치를 못 챈 것 같기도 했고 조금 눈치를 챈 것 같기도 했다. 왜냐하면 이때부터 설명을 조금 자세히 했기 때문이다. 하지만 그는 이가 없어서 발음이 정확하지 않은 데다 산시성 사투리에 후난성 사투리까지 섞어 말해서 알아듣기가 무척 힘들었다. 게다가 시간이 오래 지나면서 강연을 들으러 온 사람들은 더욱더 괴로워졌다.

다들 체면 때문에 어쩔 수 없이 참았지만, 나중에는 자세를 흐트러뜨리고 각자 딴생각을 하였다. 그러다가 노자가 "성인의 도는 행하되 다투지 않는다."를 마지막으로 입을 다물었는데 이상하게도 아무도 움직이지 않았다.

노자는 잠시 기다렸다가 한마디를 덧붙였다.

"자, 끝났습니다!"

그제야 모두 꿈에서 깨어난 듯했다. 너무 오래 앉아 있었던 탓에 다리가 저려 금방 일어나기가 힘들었지만 마음은 죄를 용서받기라도 한 듯 놀랍기도 하고 기쁘기도 했다.

그들은 노자를 옆방으로 안내해 쉬게 했다. 그는 끓인 물을 몇 모금 마시고는 꼼짝 없이 앉아 있었다. 마치 나무토막처럼.

그런데 사람들이 밖에서 뭔가 말씨름을 벌이고 있었다. 얼마 안 있어 네 명의 대표가 노자를 만나러 들어왔다. 그들 말의 요지는, 노자의 말이 빠르고 표준어가 아니어서 아무도 받아 적지 못했다는 것이다. 기록을 남기지 못한 것이 몹시 안타까우니 강의한 내용을 따로 적어 달라고 했다.

"말씀을 전혀 못 알아들었습니다."

회계가 말했다.

"글로 써 주시는 것이 어떻겠습니까? 글로 써 주시면 어떻게든 읽을 수는 있을 테니까요."

서기가 말했다.

다른 두 사람이 붓과 칼, 나무판을 노자 앞에 늘어놓았다. 노자는 피할 수 없는 일이라고 생각해 두말 않고 승낙했다. 그러나 오늘은 시간이 늦었으니 다음 날 시작하겠다고 말했다.

대표들은 이 결과에 만족하고 밖으로 물러갔다.

이튿날 아침, 날씨가 조금 흐려 음산했다. 노자는 기분이 썩 좋지는 않았지만 강의 내용은 정리를 해 놓아야 했다. 관문을 빨리 지나가려면 그들에게 강의 내용을 써서 건네줄 수밖에 없었다.

그는 눈앞에 쌓인 나무판 더미를 보자 기분이 더욱 안 좋았다. 그래도 안색의 변화 없이 묵묵히 앉아서 강의 내용을 쓰기 시작했다. 전날에 했던 말을 떠올리며 한 구절씩 써 나갔다. 당시는 안경이 없었던 때라, 눈을 실처럼 가늘게 뜨고 글씨를 쓰느라 곤욕을 치렀다. 물을 마시고 만두를 먹는 시간을 빼고 꼬박 하루 반을 썼지만 오천 자를 채 넘기지 못했다.

'관문을 지나가려면 이 정도면 되지 않을까?'

그는 속으로 생각했다.

그러고는 새끼줄로 나무판을 엮었다. 모두 엮으니 두 묶음이 나왔다. 그는 지팡이를 짚고 관윤희의 집무실에 들러 그 나무판들을 넘기면서 곧 떠나겠다는 뜻을 밝혔다.

관윤희는 매우 기뻐하고 고마워하면서도, 한편으로는 아쉬운 마음에 그를 좀 더 붙들어 두려고 했다. 그러나 그를 더 이상 머물게 할 수 없음을 깨닫고 슬픈 표정을 지으며 고개를 끄덕였다. 순경을 시켜 푸른 소 위에 안장을 얹게 했다. 그리고 선반에서 손수 소금 한 꾸러미와 깨 한 꾸러미, 만두 열다섯 개를 꺼내 압수해 둔 흰 자루에 담아서 여행길의 양식으로 주었다. 그는 노자가 나이가 많기 때문에 이렇게 우대하는 것이지, 만약 나이가 젊었다면 만두를 열두 개밖에 안 주었을 것이라고 했다.

노자는 거듭 고맙다고 하며 자루를 받은 다음 사람들과 함께 누각에서 내려왔다. 관문 입구에 이르러 푸른 소의 고삐를 끌고 걸어갈 참이었다. 하지만 관윤희는 극구 그에게 소를 타라고 권했다. 노자는 몇 번 사양했지만 결국 소의 등에 올라탔다. 이어 작별 인사를 하고 소의 머리를 돌린 뒤, 가파른 고개의 큰길로 천천히 떠나갔다.

　얼마 후 소의 걸음이 빨라졌다. 사람들은 관문 입구에서 눈으로 노자를 배웅하고 있었다. 서너 길 밖으로 멀어졌는데도 노자의 백발과 황색 도포, 푸른 소, 흰 자루가 모두 다 또렷이 보였다. 이윽고 발걸음을 따라 먼지가 일어 소와 사람을 덮어씌우는 바람에 온통 회색으로 변했다. 잠시 후에는 누런 먼지만 풀풀 날릴 뿐 아무것도 보이지 않았다.

　사람들이 관문으로 돌아왔다. 그들은 마치 무거운 짐을 내려놓은 듯 허리를 쭉 폈고, 또 뭔가 하찮은 물건을 얻기라도 한 것처럼 혀를 찼다. 그리고 그들 중 많은 이들이 관윤희를 따라 집무실로 들어갔다.

　"이게 강의 내용인가?"

　회계가 나무판 묶음을 들고 뒤집으며 말했다.

　"그래도 글씨는 깔끔하네요. 시장에 나가서 팔면 분명히 임자가 나설 겁니다."

　서기도 다가와서 첫 번째 나무판을 보고 소리 내어 읽었다.

　"'말할 수 있는 도는 항상 변하지 않는 도가 아니요.'……흥, 또 그 타령이로군. 정말 듣기만 해도 머리가 아파. 지긋지긋하다고!"

　"두통에는 조는 게 약이지."

회계는 나무판을 내려놓으며 말했다.

"하하, 정말로 조는 수밖에 없더군. 솔직히 나는 그 사람이 자기 연애 이야기라도 해 줄 줄 알고 갔지. 그런 흰소리나 주절거릴 줄 알았으면 아예 가지도 않았을 텐데. 반나절이나 그 고생을 하지도 않았을 테고……."

"사람을 잘못 본 건 자네 탓이지."

관윤희가 웃으며 말했다.

"그 사람이 무슨 연애 이야기를 알겠어? 연애 같은 건 해 본 적도 없을 텐데."

"그걸 어떻게 아세요?"

서기가 의아해하며 물었다.

"자네도 자기 탓을 해야겠군. 꾸벅꾸벅 조느라 그 사람이 '하는 것도 없고 하지 않는 것도 없도다.'라고 말한 걸 못 들었으니까. 그 작자는 정말이지 '이상은 하늘보다 높은데 현실은 종이보다 얄팍하다.'라는 말에 딱 어울린다니까. 하지 않는 게 없으려면 하는 게 없을 수밖에 없다고. 또 사랑하는 게 있으려면 사랑하지 않는 게 없어서는 안 되는데 어떻게 연애를 할 수 있겠어? 감히 어떻게 연애를 하겠냐고? 자네 자신을 한번 생각해 봐. 지금 눈앞에 젊은 아가씨가 나타나면 예쁘건 안 예쁘건 눈이 번쩍 뜨여 자기 마누라가 될 것만 같잖아. 나중에 막상 마누라를 얻으면 우리 회계 선생처럼 좀 점잖아지겠지만."

그때 창밖에서 한줄기 바람이 불면서 차가운 기운이 훅 끼쳐 왔다.

"그 늙은이는 대체 어디에 뭘 하러 가는 건가요?"

그 틈에 서기가 관윤희의 말을 피해 화제를 돌렸다.

"사막에 간다더군."

관윤희가 차갑게 말했다.

"갈 수야 있겠지만 거기에는 소금이나 밀가루도 없고 물도 구하기 힘들어. 나중에 배가 고파지면 다시 돌아오겠지."

"그럼 그때 또 책을 쓰게 하면 되겠군요."

회계가 기뻐하며 말했다.

"그런데 만두가 정말 많이 들어가군요. 만약 우리가 새로운 작가를 쓰려고 한다면 생각을 좀 바꾸어야겠어요. 원고 두 묶음에 만두 다섯 개만 주든가 하는 식으로요."

"그건 좀 힘들 텐데. 툴툴대고 신경질을 부릴 거야."

"배가 고파 죽을 참인데 어떻게 신경질을 부려요?"

이때 서기가 손을 내저으며 말했다.

"이런 걸 누가 본다고 그래? 만두 다섯 개라고 해도 본전도 못 건질걸. 예를 들어 보자고. 그 사람 말대로라면 우리 나리가 관문 관리 일을 당장 그만두셔야 해. 그래야 하지 못하는 게 없는 셈이 되는 거고, 그만큼 엄청나게 높은 분이 되시는 거니까……."

"그런 건 상관없어."

회계가 말했다.

"누군가는 읽을 사람이 있을 거야. 예전에 관문 관리였던 자도 있고, 아직 관문 관리가 못 된 숨은 선비도 있고. 읽을 사람은 아주 많을 테니까."

창밖에 부는 바람이 누런 먼지를 일으켜 하늘이 깜깜해졌다. 이때 관윤희가 문밖을 내다보니 순경들과 보초들이 모여 그들의 잡담을 듣고 있었다.

"거기, 멍청하게 서서 뭐 하는 거야?"

그가 소리쳤다.

"해가 저물잖아. 밀수꾼들이 성벽을 넘어 세금 도둑질을 할 때라는 걸 몰라? 어서 순찰 돌지 못해!"

문밖의 사람들은 순식간에 흩어졌다. 안에 있던 사람들도 그만 잡담을 멈췄다. 회계와 서기도 밖으로 나갔다.

관윤희는 옷소매로 책상 위의 먼지를 턴 뒤, 그 두 묶음의 나무판을 들어 압수한 소금과 삼베, 무명, 콩, 만두 따위가 쌓인 선반 위에 올려놓았다.

1935년 12월

| 《아Q정전》 제대로 읽기 |

문학이라는 창날로
낡은 세계와 맞서다

송수진 _ 경기 호평중학교 국어 교사

날카로운 풍자로 어지러운 세상에 맞서다

"우랄질! 독립이 배부른가?"

이렇게 그는 두런거리면서 반감이 솟았다.

이삼 일 지나면서부터야 삼복에게도 삼복에게다운 해방의 혜택이 나누어졌다.

십 전이나 십오 전에 박아 주던 징을, 오십 전을 받아도 눈을 부라리는 순사를 볼 수가 없었다. 순사가 없어졌다면야, 활개를 쳐 가면서 무슨 짓을 하여도 상관이 없고 무서울 것이 없던 것이었다.

"옳아. 그렇다면 독립도 할 만한 건가 보다."

삼복은 징 열 개를 박아 주고 오 원을 받아 넣으면서 이렇게 속으로 중얼거리기까지 하였다. 그러나 며칠이 못 가서 삼복은 다시금 해방을 저주하여야 하였다. 삼복이 저 혼자만 돈을 더 받으며, 더 받아 상관이 없는 것이 아니라, 첫째 도가(도매상)들이 제 맘대로 재료 값을 올렸던 것이었다. 징, 가죽, 고무, 실 모두가 오 곱 십 곱 비싸졌다. 그러니 신기료 장수는 손님한테 아무리 비싸게 받는댔자, 재료를 비싼 값으로 사야 하니, 결국 도가만 살찌울 뿐이지, 소득은 전과 크게 다를 것이 없었다.

"이런 옘병헐! 그눔에 경제겐 다 어디루 가 돼졌어. 독립은 우라진다구 독립을 헌담."

월간지 《대조》의 창간호 표지. 〈미스터 방〉은 《대조》 1946년 7월호에 발표되었다.

이 글은 채만식의 단편 소설 〈미스터 방〉의 한 부분이다. 우리나라 해방 직후의 시대 상황을 제대로 인식하지 못해 조국의 독립마저 부정적으로 받아들이는 민중의 삶을 풍자적으로 그리고 있다.

이 소설의 주인공 방삼복은 민족 공동체의 이익보다는 개인적인 이익을 중요하게 여긴다. 그러다 보니 일제로부터의 해방이라는 역사적인 사건이 우리 민족 전체에 끼치는 영향에 대해서는 아무런 관심이 없다. 방삼복은 물질을 중시하고 권력에 아부하면서 도덕적으로나 인간적으로도 성숙하지 못해 무지몽매하고 이기적인 면을 보인다.

해방 직후, 기쁨에 겨워 거리로 쏟아져 나온 광주 시민들.

이 소설에 등장하는 '백 주사'라는 인물 또한 일제 강점기에 친일파 순사인 아들 백봉선과 함께 우리 민족을 수탈하고 괴롭히는 데 앞장서다가 해방을 맞이하여 민중들에게 처절한 복수를 당하는 인물이다. 백 주사는 자신의 행동을 반성하거나 새로운 삶을 살기 위해 노력하기보다는, 과거의 친일 행위로 얻은 권력과 명예를 되찾을 수 있을 거라는 헛된 희망을 품고 있는 시대착오적인 인물이다.

채만식은 〈미스터 방〉에서 수많은 독립투사들이 자신의 목숨을 바쳐서라도 이루고 싶어 하던 조국의 해방을, 개인의 밥벌이 수단으로밖에 생각하지 못하는 무지한 민중들의 모습을 비판하고 있다.

중국 작가 루쉰도 〈아Q 정전〉을 통해 변화하는 세계에 발맞추지 못하고 봉건주의 사상에 매몰되어 시대착오적인 생각으로 살아가는 중국 민중들의 삶을 풍자적 기법으로 형상화하고 있다. 자신의 욕망과 이익을 위해 아무런 생각 없이 '혁명'을 지지하는 아

Q의 모습은, 자신의 욕심을 채우기 위해 미군을 대표하는 S소위의 비위를 맞추는 방삼복의 모습과 많이 닮아 있다. 루쉰은 아Q로 대표되는 중국 민중의 의식을 깨우고 진정한 혁명을 통해 중국이 바로 서기를 간절히 바랐다. 그리하여 쉼 없이 글을 쓰며 세상과 싸웠다.

아Q와 쿵이지, 낡은 세계로부터 벗어나지 못한 민중의 자화상

'정전(正傳)'이란 '바르게 적은 전기'를 뜻하는 것으로, 역사에 뛰어난 공적을 남긴 인물에 대한 글이다. 그러나 아Q는 역사에 남을 만큼 중요한 인물이 아니기 때문에 정식 역사에 포함될 수 없다. 루쉰은 굉장히 사사롭고 시시한 아Q의 삶을 '정전' 형식으로 써 내려간다. 루쉰의 이러한 행동은 기존의 상식을 뒤엎는 것으로, 당시의 틀에 박힌 규범에 과감히 문제 제기를 하고 비판을 가한다.

아Q는 집이 없어 웨이좡 마을의 사당에 살았는데, 마땅히 직업도 없어 남의 집에서 날품을 팔면서 근근이 살아간다. 동네 건달들에게도 조롱당하는 아주 변변찮고 미천한 인물이다. 하지만 자신의 처지와는 다르게 자부심과 자존심이 강한 정신세계를 가지고 있어 이중적인 면모를 보인다.

공상 속에서 아Q는 자오 집안의 사람으로 자오 어른의 아들보다 항렬이 높으며, 옛날에

중국에서 발행된 《아Q 정전》의 표지.

개혁과 혁명으로 새로운 세상을 꿈꾸는 중국

그가 구실을 잡아 나를 욕하는 것이 아니라, 실은 캉유웨이를 욕한다는 것을 알고 있었다. 어쨌든 서로의 생각이 맞지 않아서 대화에 활기를 띠지 못했다.

<복을 비는 제사>의 한 대목이다. 루쉰은 여기서 '캉유웨이'라는 실존의 인물을 거론하면서 구세력을 대표하는 넷째 아저씨와 '나'의 대립을 직접적으로 보여 주고 있다.

1894년에 청나라가 일본에 패하자, 제국주의 국가들이 노골적으로 간섭하기 시작했다. 이에 불만을 가진 민중들이 여기저기서 들고일어났다. 베이징에서는 캉유웨이가 정치 개혁의 필요성을 역설하며 황제를 압박했고, 남쪽에서는 쑨원을 중심으로 청나라를 무너뜨리고 새로운 나라를 세우자는 혁명의 바람이 불었다.

청나라에 반기를 들고 혁명을 주도한 캉유웨이(왼쪽)와 쑨원(오른쪽).

수구 세력과의 오랜 대립 끝에, 1911년 10월 신해혁명이 일어나 쑨원이 초대 임시 대총통으로 취임했다. 마침내 2000년 넘게 지속된 황제의 나라가 무너지고 민주주의 시대가 열리는 듯했다. 하지만 쑨원은 협상을 통해 막강한 군사력을 지니고 있던 위안스카이에게 대총통의 자리를 내주고 말았다.

위안스카이는 1914년 제1차 세계 대전이 터지자 자신이 황제에 오를 수 있는 절호의 기회라고 여겼다. 그는 일본에게 산둥반도 지배를 허용하면서 자신이 황제가 될 수 있도록 지지해 줄 것을 약속받았다. 뿐만 아니라 보수 언

중국이라는 파이를 나눠 먹으려는 제국주의 국가들. 프랑스 일간지 <르 프티 주르날>(1898.1.16.)에 실린 그림이다.

론을 동원해 황제가 부활해야 한다는 필요성을 선전했고, 1915년 12월에 '중화 제국'의 황제로 추대되었다. 하지만 이듬해에 위안스카이가 죽음으로써 중화 제국은 역사상 가장 짧은 국가라는 기록을 남기고 사라졌다. 결과적으로 민주주의를 향한 혁명은 실패로 돌아가고 만 셈이었다.

는 잘살았고, 식견도 높다. 그래서 어떠한 불리한 상황 속에서도 상대방보다도 자신이 우위에 있다는 '정신적인 승리법'을 가지고 살아간다.

    루쉰은 아Q의 모순적인 태도를 통해 강대국들에 의해 식민지가 될 위기에 처한 순간에도 '중국의 정신문명이 세계 제일'이라고 믿고 있는 중국인을 통렬히 풍자하고 있다.

    웨이쫭 마을 사람들은 아Q가 '자오 나리처럼 유명한 사람'에게 따귀를 맞았다는 이유로 그를 존경하는 마음을 갖기 시작한다. 강한 자들에 대한 경외심이 너무나 큰 나머지, 높은 사람에게 맞는 것조차 부러워한 것이다. 루쉰은 마을 사람들의 이런 모습을 통해 중국인 속에 감춰진 노예근성을 가차 없이 비판한다.

    특히 아Q의 경우, 초반에는 '정신적인 승리법'으로 스스로 노예임을 인정하지 않다가, 노예임을 깨달은 순간 죽음을 맞이하면서 노예 의식에 대한 루쉰의 생각을 대변한다.

    아Q는 자오 어른 집에서 우 씨 아줌마를 희롱하다가 쫓겨난 뒤로 전 재산을 날린다. 더 이상 그에게 일을 시키는 사람조차 없어진다. 추위와 배고픔의 고통을 뼈저리게 느낀 아Q는 더 이상 강인한 정신세계를 고집할 수 없게 된다. 결국, 현실에서 패배와 굴욕을 만회할 수 있는 수단으로 '정신적인 승리법'을 버리고 혁명을 선택한다.

    하지만 어디서부터 든 생각인지는 몰라도 혁명당은 반란을 일으키는 사람들이고, 반란은 곧 자기를 힘들게 만들 것이라고 믿었다. 그래서 혁명당을 가슴 깊이 증오했다. 그런데 뜻밖에도 사방 사십 킬로미터에 명성이 자자한 거인 나리조차 혁명당을 그토록 두려워한다고 하니 아무래도 동경심이 생기지 않을 수 없었다. 게다가 웨이좡 마을의 개만도 못한 사람들이 허둥대는 모양새를 보니 더더욱 통쾌했다.
'혁명도 괜찮은 거로구나.'

혁명을 하면 물건도, 돈도, 여자도 생길 거라고 생각한 아Q는 예전에는 업신여겼던 가짜 양놈에게 찾아가 굽신거리기까지 한다. 전에 없던 노예근성이 생겨난 것이다. 그리고 자오 씨네 강도 사건의 용의자로 관청으로 끌려가서는 '무릎 관절에 힘이 빠지면서 털썩 주저앉는' 노예근성을 보이고 만다.

아Q는 처형되기 직전에 자신의 죽음을 구경하려고 몰려든 구경꾼들의 '무시무시한 눈'을 마주하게 된다. 구경꾼들은 혁명이 일어나든 말든 자신들의 삶에 어떠한 변화가 있으리라는 기대를 하지 않는다. 그들은 처형당하는 아Q를 보면서 재미를 찾고 잠깐의 위안을 얻을 뿐이다.

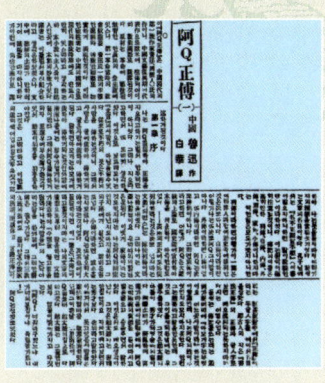
우리나라에 소개된 《아Q 정전》. 1930년, 조선일보에 번역되어 실렸다.

"이십 년 뒤에 다시 사내로 태어나…….'
다급한 나머지 아Q의 입에서 어느 누구에게도 배운 적 없는, 여태껏 입에 담아 본 적도 없는 노래가 불쑥 튀어나왔다.
"조옿다!"
인파 속에서 늑대의 울부짖음 같은 추임새가 터져 나왔다.

루쉰은 혁명이 무엇인지도 모르면서 죽어 가는 아Q와 같은

환등기 사건, 패거리 문화에 대한 비판 의식

루쉰의 소설에는 유난히 누군가를, 혹은 무엇인가를 방관하고 구경하는 사람들의 모습이 자주 등장한다. 루쉰은 '구경'이라는 명목으로 사람을 죽이기도 하는 '패거리 문화'를 강하게 비판했다.

> 지금 그는 여태껏 보지 못한, 굶주린 늑대의 눈빛보다 더 무시무시한 눈을 보았다. 무딘 듯하면서도 날카로우며 아Q의 말을 진작에 삼켜 버렸을 뿐만 아니라 이제는 그의 살 이외의 것들까지 모두 삼키려고 멀지도 가깝지도 않은 거리를 유지하며 계속 따라오는 눈길이었다.
> 그 눈길들이 서로 한패가 된 듯하더니, 어느새 그의 영혼을 물어뜯는 것만 같았다.

〈아Q 정전〉에서는 아Q가 사형을 당하기 전에 사람들의 시선에 먼저 죽임을 당하는 대목이다. 〈쿵이지〉에서는 술집에 둘러앉아 쿵이지를 조롱하며 유쾌한 시간을 보내는 패거리들이 등장한다. 〈복을 비는 제사〉에서 샹린댁을 죽음으로 몰아넣는 것도 마을 사람들의 차가운 시선이다.
이처럼 루쉰이 여러 작품에 걸쳐 구경꾼들을 비판하는 이유는 일본 유학 시절에 겪었던 하나의 충격적인 영상 때문이었다. 루쉰은 낙후한 중국을 되살리겠다는 의지로 일본에서 의학을 공부했다. 일본에서는 수업이 끝나면 러일 전쟁과 관련된 사진을 환등기로 보여 주며 전쟁 의식을 고취시켰다.

어느 날 루쉰은 환등기를 통해 한 중국인이 러시아군의 스파이라는 이유로 일본 군대에게 체포되어 총살당하는 사진을 보게 되었다.
환등기 안에는 처형당하는 중국인을 구경하기 위해 몰려든 중국인들이 있었고, 환등기 밖에는 그 모습에 환호하는 일본인들이 있었다.
'환등기 사건'이라고 불리는 이 사건으로 루쉰은 큰 충격을 받았다. 그 뒤로 의학을 포기하고 중국으로 돌아와 노예근성에 빠진 중국 사람들을 계몽하는 데 앞장섰다.

1967년 문화 대혁명 당시, 조리돌림을 당하는 사람과 그들을 구경하기 위해 몰려든 군중들.

인물이 이십 년 뒤에도 다시 나타날 수 있을 거라고 생각했다. 그리고 그런 아Q를 죽이는 무심한 눈빛들도 여전히 존재할 거라고 여겼다.

한편, 〈쿵이지〉의 쿵이지는 격변하는 시대 흐름에 따라가지 못하고 여전히 유교 사상에 빠져 있는 구시대적인 인물이다. 아Q와 쿵이지 모두 사람들의 조롱 속에서 비참한 일생을 살다가 죽음을 맞이한다. 하지만 쿵이지는 아Q와는 달리 글을 잘 아는, 지식인 계급을 대표하는 인물이다. 당시 '글'을 안다는 것은, '권력'을 가질 수 있는 조건이 될 수 있었다. 과거 시험에 합격하면 게을러도 떵떵거리며 살 수 있는 시대였던 것이다.

하지만 쿵이지는 '글공부는 했지만 하급 시험에도 합격하지 못한' 인물이다. 글공부한 사람이라는 걸 보여 주기 위해 비록 낡고 더러워도 항상 '장삼'을 입고 다녔고, 말을 할 때는 옛날 한문을 남발한다. 하지만 그의 행동은 사람들의 웃음거리가 될 뿐이다.

"책을 훔치는 건 도둑질이라고 할 수 없어……. 책에 욕심을 내는 건 선비로서 당연한 일이지, 어떻게 그걸 도둑질이라 한단 말인가?"

그는 연달아 알아듣기 힘든 말을 지껄였다. 군자는 본디 가난하다는 따위의 말을 내뱉어서 사람들에게 웃음을 샀다. 덕분에 가게 안팎이 쾌활한 분위기로 바뀌었다.

쿵이지는 글씨를 잘 써서 책을 베껴 써 주는 일을 하며 돈을 번다. 하지만 게으른 탓에 끝까지 일을 마무리하지 못하기 일쑤인데다, 심지어는 책과 종이, 벼루, 붓 등을 훔치기까지 한다. 결국 거인 어른 집에서 도둑질을 하다가 매를 맞고 다리가 부러지는 처절한 결말을 맞는다. 쿵이지는 중국의 봉건주의 사상에서 깨어나지 못해 안타깝게 죽음에 이른 것이다.

하지만 루쉰은 그 역시 혼란스런 세상을 살다 간 평범한 민중이라 여겼기에 부정적인 눈으로만 바라보지 않는다. 쿵이지가 아이들을 대하는 태도나 술집 점원인 '나'에게 한자를 가르치려 드는 모습에서 작가의 안타까움과 연민의 감정이 묻어난다.

혁명가를 '광인'으로 만들어 버린 잔인한 '식인'의 세계

〈광인 일기〉의 주인공은 주변 사람들이 자신을 잡아먹으려고 한다는 두려움에 사로잡혀 괴로워한다. 주인공은 자오구이 영감, 꼬마들, 마을 사람들뿐만 아니라 개조차 이상한 눈빛으로 자신을 바라보며 잡아먹을 궁리를 하고 있다고 여긴다. 주인공은 주변 사람들에 의해 미친 사람, 즉 '광인' 취급을 받는다.

우리나라에 번역, 소개된 〈광인 일기〉.
1927년, 잡지 《동광》 16호에 실렸다.

루쉰이 〈광인 일기〉를 발표한 1919년은 신해혁명 이후 다시 한번 학생들과 시민들이 일어나 새로운 중국을 만들려고 노력하던 때였다. 위안스카이 정부의 시대착오적이고 외세 의존적인 정책에 맞서 전국 각지에서 혁명이 일어났을 때, 루쉰도 적극적으로 동참했다.

당시 중국에서 농민들은 악덕 관리자와 지배 계급에게 모진 수탈을 당하고, 아내를 빼앗기거나 빚쟁이에게 몰려 죽는 등 억울한 사정을 수없이 겪었다.

영화로 다시 태어난 루쉰의 작품들

영화 산업이 융성한 홍콩에서는 루쉰의 작품을 여러 편 영화로 만들었다. 루쉰의 작품이 최초로 영화화된 것은 1957년의 〈아Q 정전〉이었는데, 이 영화는 이후 1981년에 원작에 충실하게 만들어진 중국 작품보다 훨씬 앞선다는 평가를 받았다. 예컨대 중국 작품에서는 아Q가 사랑하는 여인이 전통적인 중국 여성으로 그려진 것에 반해, 홍콩 영화에서는 스스로 아Q를 갈망하는 적극적인 여성으로 그려졌다.
1990년대에 접어들어 중국과 홍콩의 합작 영화가 붐을 이루면서 루쉰의 〈검을 단련하는 이야기〉가 제작되었다. 홍콩 측 감독은 〈황비홍〉, 〈동방불패〉 등으로 우리나라에도 잘 알려진 쉬커[徐克]였다. 루쉰의 원작에서는 소년이 잔인한 왕에게 복수를 하는 것으로 끝나지만, 영화에서는 다시 새로운 왕이 나타나 잔인한 독재 정치를 하는 것으로 끝난다.
중국과 홍콩에서는 이 밖에도 〈죽음을 슬퍼하며〉, 〈복을 비는 제사〉, 〈약〉 등 루쉰의 여러 작품들을 영화로 만들었다. 지금까지 제작된 루쉰 원작의 영화는 모두 여덟 편에 달한다.
우리나라에서도 〈아Q 정전〉은 1930년대부터 지금까지 연극과 무용 등 다양한 분야에서 각색되어 창작되고 있다. 이처럼 혁명적 지식인으로서 루쉰은 지금도 그의 작품과 함께 여전히 살아 있는 셈이다.

〈아Q 정전〉을 모티브로 한 영화 포스터.

우리나라에서도 〈아Q 정전〉이 연극으로 만들어졌다.

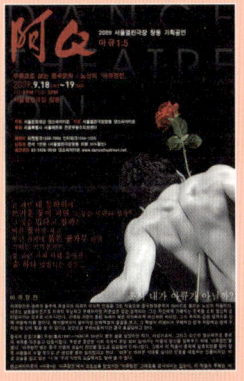
〈아Q 정전〉을 모티브로 한 현대 무용 포스터.

〈광인 일기〉를 낳게 한 '무쇠로 만든 방'

어느 날 루쉰이 샤오싱 회관에서 옛 비문을 베껴 쓰고 있는데, 오랜 친구 한 사람이 찾아왔다. 그 친구는 큼직한 가방을 책상 위에 놓고 두루마기를 벗은 다음 루쉰과 마주 앉았다. 바로 당시에 《신청년》 잡지 편집자로 있던 첸셴퉁이었다.

"이까짓 것들을 베껴서 무얼 하나?"
첸셴퉁은 루쉰이 베껴 쓴 옛 비문들을 뒤적거리면서 물었다.
"아무 데도 쓸데가 없네."
"그럼 무슨 생각으로 그걸 베끼는가?"
"아무 생각도 없네."
"내 생각이네만, 자네는 역시 글을 쓰는 게 좋을 듯하네……."
루쉰은 첸셴퉁이 무엇을 생각하는지 잘 알고 있었다. 그는 당시 《신청년》 잡지를 발간하고 있었는데, 지지자를 찾느라 백방으로 노력하는 중이었다.

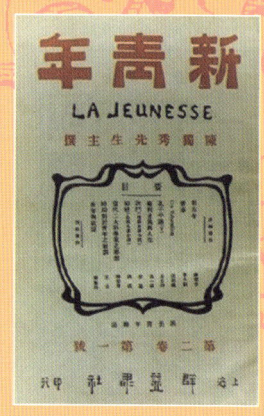
루쉰을 작가로 만든 잡지 《신청년》.

"가령 무쇠로 지은 방이 있다고 하세. 창문은 하나도 없고 부수기가 여간 힘들지 않은 그런 방 말이야. 만일 그 안에 많은 사람들이 깊이 잠들어 있다면, 얼마 안 가서 숨이 막혀 죽을 게 아닌가. 그러나 잠을 자다가 죽는 것이니까 죽어 가는 고통을 느낄 수는 없을 걸세. 그런데 자네가 크게 소리쳐서 잠이 덜 든 몇 사람을 깨워 놓는다면, 그 불행한 몇몇은 죽음의 쓰라린 고통을 피할 수 없을 터인데, 그러고도 자네는 그들에게 미안하지 않을 수 있겠는가?"
루쉰은 이렇게 말했다.
"아닐세. 몇몇 사람이 깨어났으니 그 무쇠 방을 무너뜨릴 수 있는 희망이 전혀 없다고 말할 수는 없네."
첸셴퉁의 그 말이 루쉰을 움직였다.
아주 작은 희망이라도 그것을 버릴 수는 없는 것이다. 앞날에 희망을 갖는 것, 이것은 루쉰이 일관되게 가진 신념이었다. 바로 이 앞날의 희망을 위해 루쉰은 또다시 자신의 무기, 곧 붓을 들기로 결심한다. 그때부터 루쉰은 세상을 향해 글을 쓰기 시작했고, 1919년에 〈광인 일기〉를 발표하면서 혁명을 위한 문예 운동에 동참했다.

혁명가들은 이러한 불합리한 관습을 없애기 위해 혁명을 일으키고 민중의 생각을 바꾸려고 했으나, 일반 민중은 자신을 억압하는 구제도를 오히려 옹호하면서 혁명가들을 미친 사람, 즉 '광인' 취급하며 두려워했다. 〈광인 일기〉에 나온 식인의 풍습은 혁명을 주도한 혁명가들을 죽음으로 내모는 그 당시 사람들의 생각을 빗댄 것이다.

〈아Q 정전〉의 아Q도 혁명당은 곧 반란이며, 반란은 곧 자기를 괴롭힌다고 생각해서 혁명당을 깊이 증오한다. 아Q를 비롯한 대부분의 힘없고 가난한 민중들은 오랫동안 굴욕과 모욕에 길들여진 탓에 그러한 상황을 정상적인 것으로 잘못 이해하고 있기 때문이다.

루쉰은 〈광인 일기〉에서 광인을 내세워 개인의 삶을 옥죄는 전통적인 가족 제도를 포함한 봉건적인 구습을 비판한다. 하지만 루쉰은 사천 년간 내려온 식인의 이력, 즉 중국의 봉건 관습을 바꾸는 것이 결코 쉽지 않다는 것을 느끼며 '참다운 사람을 만나기 어렵다는 것'을 다시금 깨닫는다. 전통이라는 이름으로 봉건적인 구습이 아이들에게까지 이어지기 전에 '아이들을 구해야 한다.'며 아이들에게서 희망을 찾는다.

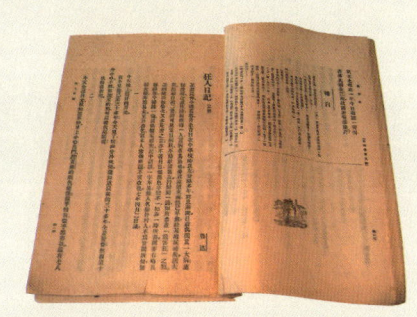

《신청년》에 실린 〈광인 일기〉.

혁명가에 대한 중국 민중의 두려움과 증오심은 〈약〉에도 잘 나타나 있다. 화라오솬은 아들의 폐병을 낫게 하기 위해서 처형당한 혁명가의 피를 묻힌 '새빨간 찐빵'을 구해 온다. 그 당시 중국인들은 죽은 사람의 피와 장기를 먹으면 병이 낫는다는 미신에 사로잡혀, 혁명가들의 처형이 있는 날이면 한꺼번에 몰려들어 시신의 일부를 떼어 가곤 했다.

루쉰의 혁명 동지이자 중국 여성 혁명의 길에 앞장섰던 추진의 시신이 우매한 민중들에게 약탈당한 사실을 알게 된 루쉰은 민중에게 엄청나게 실망을 하고 또 크나큰 절망감에 빠진다.

〈약〉에서 처형당한 '샤 씨네 넷째 아들의 자식'은 가난한 농민들에게 하나라도 더 빼앗으려는 관리에게 '불쌍하'다고 말하면서, 감옥에 갇혀서도 간수에게 반란에 가담할 것을 권유하고, '청나라는 우리 모두의 것'이라고 거침없이 이야기한다. 대다수의 중국 민중들이 청나라는 황제의 것이라는 생각에 사로잡혀 있던 상황에서 이런 급진적 발언은 위험천만한 '광인'의 미친 행위일 뿐이다. 찻집에 모인 사람들은 다 같이 샤 씨 집안의 어린놈이 '미쳤다'고 동의해 버린다.

하지만 혁명가의 피를 바른 찐빵을 먹은 샤오솬도 결국 죽고 만다. 샤오솬의 어머니는 아들의 무덤에 갔다가 자식의 무덤에 찾아온 혁명가의 어머니를 만나게 된다. 혁명가의 무덤에 피어난 꽃과 혁명가 어머니의 탄식, 이를 바라보는 샤오솬의 어머니를 통해 루쉰이 말하고자 하는 주제 의식이 명확하게 드러난다.

"알겠다. 애야. 너를 모함한 놈들이 불쌍하구나. 그놈들은 언젠가 천벌을 받게 될 테니. 하늘이 다 알고 계신다. 그러니 너는 편히 눈을 감으렴……."

청나라 말기의 여성 혁명가 추진[秋瑾]. 청나라 타도를 위해 봉기를 일으켰다가 체포되어 처형당했다.

새로운 세상을 향한 길은 결코 쉽지 않다. 하지만 루쉰은 절망
만 하고 있지 않는다. 이 모든 불합리한 상황과 계속 맞서 싸우며
아이들과 혁명가를 통해 희망을 말한다.

희망 뒤에 오는 절망,
그래도 끊임없이 길을 걷는다

〈고향〉은 루쉰의 결연한 의지와 희망을 엿볼 수 있는 작품이다.
'나'는 황량하게 변해 버린 고향에서 어린 시절 아름다운 추억
을 함께했던 룬투를 다시 만나게 된다. '보랏빛 둥근 얼굴에 작은
털모자를 쓰고 목에 반짝거리는 은목걸이를 걸고' '가슴속에 신
기한 일들을 무궁무진하게 간직하고' 있던 어린 룬투는, 이십 년
뒤 '얼굴은 누렇게 변한 데다 주름살까지 깊게 파여' 있다.

그리고 '나'를 '나리'라고 부르며 깍듯
이 대한다. 어린 시절에 허물없이 지내던
룬투와 '나' 사이에는 어느새 '높디높은 장
벽'이 생기고, 더 이상 순수했던 지난날로
돌아간다는 것은 불가능하다.

룬투는 '많은 자식들과 흉년, 가혹한 세
금, 군인들, 도적들, 관리들, 지주들'에 의
해 오랜 세월 시달리다 자기도 모르는 새
무감각한 '목석'처럼 되어 버린다. '나'가
다시 만난 룬투는 황량한 고향을 닮아 있
고, '잿더미 속에 그릇과 접시를 열 몇 개'
나 몰래 숨겨 놓을 정도로 삶의 세파에 찌

1936년에 이육사가 번역해 잡지 〈조광〉에 실은 루
쉰의 〈고향〉.

루쉰에게 영향받은 한국의 문인

우리나라에서는 일제 시대에 루쉰의 작품이 많이 읽혔고, 그를 만나 감화를 받은 문인들이 많았다.

그중에서도 루쉰에 대한 통찰력 있는 해석을 한 문인은 이육사였다. 1936년 10월에 루쉰이 죽자, 이육사는 〈조선일보〉에 〈루쉰 추도문〉을 연재했다. 조선인이 쓴 유일한 추도문이었다. 이육사는 민족 계몽에 대한 루쉰의 굳은 신념을 강조하고, 루쉰의 예술은 정치에 앞선다고 했다. "수많은 중국의 아큐들이 자신의 운명을 개척하는 길을 루쉰에게 배웠다."면서, 쿵이지로부터 조선의 썩은 봉건 사대부를 보았고, 아Q로부터 어리석은 대중을 보았다고 했다. 나아가 이육사는 정치 의식 없이 기교에만 매달리는 당시의 조선 문단에 대해 루쉰의 삶과 문학을 배워야 한다고 주장했다.

이육사.

소설에서 루쉰의 영향은, KAPF(조선 프롤레타리아 예술 동맹)에서 활동한 한설야의 1930년대 소설 〈모색〉이나 〈파도〉 등에서 볼 수 있다. 시대 착오적인 지식인을 주인공으로 한 그 작품에서 루쉰의 〈쿵이지〉나 〈광인일기〉와 같은 지식인 비판이 그대로 나타나기 때문이다.

또한 이광수가 1936년 8월, 일본 잡지 《개조》에 발표한 〈만야의 죽음〉의 주인공은 '조선의 아Q'였다. 이광수는 이 작품을 통해 식민지 민중을 형상화했으며, 일제 말기에 총독부에 협력하면서 자신을 아Q와 같은 바보라고 말하기도 했다.

한설야.

또한 일제 말기의 김사량의 작품에서 루쉰의 영향이 뚜렷하게 보인다. 1941년에 발표한 단편 〈천마〉에 묘사된 성격 파탄의 문인도 그렇지만, 제목부터 〈아Q 정전〉을 생각하게 하는 〈Q 백작〉으로 붙여진 단편에서 그는 식민지의 자학적 지식인상을 형상화했다. 일본 황실에서 작위를 받아 식민지 도지사가 된 아버지에 반발한 Q 백작은 아나키스트를 자칭하고, 사상범으로 구속되기 위해 어리석은 짓을 되풀이하여 유치장에 갇힌다. 또 만주행 난민 열차에 몸을 싣고서 술에 취해 스스로 구원을 받았다고 느끼는 '정신적인 승리법'의 지식인이다.

이광수.

중국 상하이에 있는 루쉰 기념관에는 루쉰의 원고와 책, 유물, 문헌, 사진, 예술품 등 1700여 점의 작품이 전시되어 있다.

든 모습이다.

어린 시절과 너무나 달라진 룬투와의 만남으로 실망감과 고립감에 둘러싸여 있던 '나'는 배를 타고 고향을 떠나면서, 내가 '나의 길을 가고 있다'는 것을 다시금 인식한다. 이것도 하나의 헤쳐나가야 할, 극복해야 할 과정임을 깨닫는다. '나'는 여덟 살배기 조카 훙얼과 룬투의 아이 수이성으로 대표되는 다음 세대에게 '우리는 경험해 보지 못한' 새로운 삶에 대한 기대를 품는다. 그들은 '나'와 같이 괴롭지 않고 서로의 사이에 '벽'이 생기지 않기를 간절히 바란다.

희망은 본래 있다고도, 없다고도 할 수 없다는 생각이 들었다. 그것은 땅 위의 길과도 같다. 사실 땅 위에는 본래 길이 없었다. 걸어가는 사람이 많아지면 그게 곧 길이 되는 것이다.

루쉰은 옳은 길을 위해 묵묵히 싸우며 걸어갔다. 나와 함께 걷는 사람들이 결국 '길'을 만드는 거라고 굳게 믿으면서.

샹린댁, 유교 중심 사회의 폭압에 희생당한 가련한 여성

〈복을 비는 제사〉는 샹린댁이라는 인물을 중심으로 여성에게 가혹한 유교 중심 사회를 비판한다. 샹린댁은 첫 번째 남편이 죽은 뒤, 집을 도망쳐 나와 새로운 삶을 살기 위해 루전 마을의 넷째 아저씨 댁에 식모로 들어온다.

하지만 몇 년 뒤, 그녀는 시어머니에게 다시 끌려가 산골 가난뱅이에게 팔려 두 번째 시집을 가는 기구한 운명에 처한다. 그곳에서도 그녀의 불운은 끊이지 않아 남편이 장티푸스로 죽고, 어린 아들도 늑대에게 물려 처참하게 죽는다.

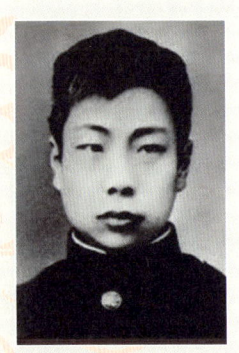
일본 유학 시절의 루쉰.

샹린댁은 다시 루전 마을로 돌아오지만, 결혼을 두 번 했다는 이유로 마을의 가장 신성한 의식인 '복을 비는 제사' 준비에 접근해서는 안 되는 존재가 된다. 샹린댁은 죄를 씻기 위해 큰돈을 주고 토지묘에 가서 문지방을 바치고 온다. 하지만 여전히 샹린댁을 부정한 존재로 규정한 유교 중

여성의 자유로운 삶을 얽매는 관습, 전족

전족은 여자의 발이 자라지 못하도록 천으로 묶는 관습이다. 엄지를 뺀 네 발가락을 발바닥과 닿을 정도로 바짝 구부린 채 어른이 될 때까지 묶어 두었는데, 이 때문에 발은 정상적으로 자랄 수 없었고, 여자들은 뼈가 구부러지고 살에 피가 나는 고통을 참아야 했다.

옛날 중국 남성들은 여성들이 작은 발로 절룩거리며 뒤뚱뒤뚱 걷는 모습을 보면서 매력을 느꼈다고 한다. 그래서 여성들은 아름답게 보이려고 오랜 고통을 참아 가며 전족을 했다.

전족은 5대 10국 시대부터 시작되었다. 원나라 때의 기록이 담긴 《남촌 철경록》에는 "요랑이라는 여인은 가냘프고 아름다운 몸에 춤도 잘 추었다. 그녀에게 비단으로 발을 동여매도록 해서 발을 더 작게 만들었는데, 발등이 구부러진 모습이 마치 초승달 같았다. 발끝으로 빙그르르 돌며 춤출 때마다 빼어난 자태가 나타났다."고 나와 있다.

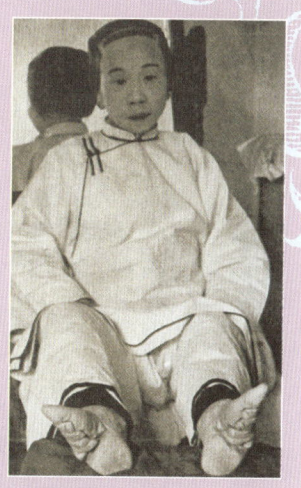

전족한 여성의 발.

전족은 처음에는 궁궐 안에서만 유행하다가 송나라 때는 귀족 여성들 사이에도 퍼졌다. 일을 많이 하는 남쪽 지방에서는 전족을 별로 하지 않았지만, 그렇지 않은 북쪽 지방에선 심지어 거지들도 전족을 할 정도였다. 전족을 해야 아름답다는 귀족들의 생각이 평민들에게도 퍼졌던 것이다.

한편, 청나라 때 황제 강희제는 전족을 금지했다. 청나라를 세운 만주족에겐 전족의 풍습이 없었기 때문이다. 하지만 법이 느슨해지자, 여성들은 다시 옛날처럼 전족을 했다. 태평천국을 건설한 홍수전도 전족을 폐지했지만 오랜 관습을 쉽게 바꿀 수 없었다. 전족은 1912년에 중화 민국이 세워진 뒤부터 차츰 사라졌다.

전족하지 않은 발(왼쪽)과 전족한 발(오른쪽).

심의 사회는 그녀가 다시 제사 준비하는 것을 용납하지 않는다. 그녀는 마을 사람들의 차가운 냉대 속에서 서서히 죽어 가다가, '나'에게서 한 가닥 희망을 얻고자 했으나 그마저도 허락되지 않는다. 끝내 그녀는 자살을 선택한다.

〈복을 비는 제사〉에서 '나'는 자신이 책임져야 할 부담스러운 상황에서 벗어나기 위해 '무슨 일이 생긴다 하더라도 나와는 아무 관련이 없다.'고 자기 합리화하는 나약한 지식인의 모습을 보인다. '나'는 '눈에 거슬리는 존재가 사라졌다는 사실만으로도 딱히 나쁜 일이 아니'라며 샹린댁의 죽음을 긍정적으로 받아들이기 위해 애쓴다.

샹린댁이 죽은 뒤에 내리는 '하얀 눈'은 폐쇄적인 유교적 봉건 사회에 끝내 발을 들여놓지 못한 샹린댁의 문제를 근본적으로 해결하려고 하지 않고 그냥 덮어 버리는 부정적인 소재로 사용된다. '나'는 나에게 닥친 모든 상황을 하얀 '눈'으로 덮어 버리고 마음이 조금씩 편해진다.

하늘과 땅의 신들이 제물과 향 연기를 즐기고 취한 걸음으로 공중에서 비틀대면서 루전 마을 사람들에게 무한한 행복을 내릴 준비를 하는 듯했다.

샹린댁의 불행한 삶을 생각하다가 복을 비는 제사를 지내는 순간 떠오른 '행복'한 느낌은 '민중들의 불행한 삶' 속에 숨어 있는 고통과 극한 대조를 이루며 슬픔을 고조시킨다.

여와와 노자,
옛이야기를 비틀어 현실을 꼬집다

 루쉰은 오래전부터 역사 소설을 쓰기 시작했다. 역사 소설을 모아 1935년에 역사 소설집 《고사신편》을 출간했다. 《고사신편》에 담긴 작품은 역사 이야기와 신화, 전설을 줄거리의 골격으로 삼고 있지만, 그 속에 대단히 풍부한 현실적 의미를 담고 있다.
 〈여와가 하늘을 고치다〉는 인류를 창조한 여와 신화의 이야기를 본떠 만든 것이다. 원래 신화 속 여와는 흙으로 정성스럽게 인간을 빚고, 남녀가 결혼하여 아이를 낳고 기르는 제도를 만들어 인류의 수를 늘린다.
 여와가 인류를 창조하고 난 어느 날, 하늘을 떠받치던 기둥이 부러지고 땅을 잇는 끈이 끊어져, 천지가 기울어지고 땅이 갈라지고 하늘이 무너져 내리고 만다. 그리고 갈라진 땅 속에서 화염이 뿜어 나오고 하천이 범람해 바다에 해일이 밀려든다. 뿐만 아니라 산에서 맹수가 나타나 사람을 잡아먹고, 하늘에서는 커다란 새가 내려와 사람들을 낚아채 간다.
 이 광경을 본 여와는 오색의 돌을 벼리어 무너진 하늘을 메우고, 갈대를 태운 재를 쌓아 홍수를 제압하고,

중국 신장웨이우얼 자치구 위구르 지역, 투르판의 약 7세기 고분에서 발견된 〈복희 여와도〉. 신화 속 여와는 인간의 머리에 뱀의 몸을 가지고 있다.

큰 거북의 발을 잘라 네 귀퉁이에 세워 하늘을 떠받치는 기둥을 대신한다. 여와가 나선 지 열흘 뒤 모든 재해가 멈추고, 인간은 다시 살아난다.

루쉰의 작품 속 여와는 신화 속 여와와는 다르게 나타난다. 여와는 어쩌다가 대충 인간을 창조한다. 그 인간은 '얼빠지고 못생겨서 밉살스러운' 생명체이다. 하늘이 갈라진 원인을 실제 고대 역사에 있었던 공공과 전욱의 전쟁으로 설정하고, 그 틈을 여와가 메우다 지쳐 결국 죽음에 이르는 이야기를 만든다.

〈여와가 하늘을 고친다〉에는 당대 여러 계층을 대변하는 인물들을 등장시켜 루쉰이 평소 품고 있던 다양

중국 상하이의 루쉰 공원에 있는 루쉰 동상.

한 생각들을 직접적으로 보여 준다.

'온몸에 쇳조각을 두른' 자들을 통해 전쟁을 반대하고, '몸에 천 같은 것을 주렁주렁 걸친' 자를 통해 덕과 예를 가장 우선시하는 옛날 지배 계급의 시대착오적인 사상을 비판한다. 여와는 '이런 자들과 이야기를 해 봤자 말이 통하지 않는다는 것을 이미 알고' 있었다면서 쓴웃음을 지은 채 하늘을 고치는 일에 열중한다.

또한 '턱에 하얀 털이 난' 자들은 현실 세계를 외면한 채 이상적인 신선 세계를 추구하는 도가들의 무리를 나타낸다. 왕을 수호하는 '금군'은 여와가 죽은 뒤 시체에 올라가 오직 자기들만 여와의 직계 후손이라고 하는데, 이는 황제의 나라만 '정통성'이 있

다고 주장하며 이민족을 배척하는 '우월주의'를 비판한 것이다.

여와가 인류의 잘못으로 야기된 혼란, 즉 전쟁으로 갈라진 하늘을 고치기 위해서 희생정신을 발휘한 것처럼, 루쉰 또한 신화 속 여와의 정신을 계승하여 타락과 혼란에 빠진 중국을 극복하고 싶다는 바람을 나타내고 있다.

〈노자가 관문을 떠나다〉는 당시 중국 사회를 유가(공자)와 도가(노자)라는 두 개의 사상과 실천 정치(관윤희)에 비유한 소설이다. 문헌에서 전해지는 '노자와 공자의 대화'를 노자가 공자의 위협을 피하여 세상 밖으로 은둔한다고 설정해 우스꽝스럽게 풍자한다.

노자는 공자를 피해 관문 밖으로 나가려다가 관문의 관리인 관윤희에게 발각되어 사람들 앞에서 강연을 해야 할 처지에 놓인다. 하지만 강연을 듣는 사람들에게는 노자의 강연이 이해하기 어렵고 지루하기만 하다. 결국 관리들은 노자에게 나무판을 주면서 강연의 내용을 써 달라고 부탁한다. 노자가 떠난 뒤 사람

제자들을 가르치는 공자의 모습. 공자는 유가(儒家)의 시조로, 노나라에서 태어나 처음에는 그곳에서 자리를 잡고 정치를 했다. 하지만 실권자와 충돌한 후 여러 나라를 돌아다니며 인(仁)과 덕(德)의 정치를 강조했다.

들은 노자를 조롱하며 그가 건넨 나무판을 시장에 내다 팔자고 한다.

루쉰은 〈노자가 관문을 떠나다〉를 통해 일본 제국주의의 침략에 직면하여 노자의 철학을 끌어다가 '저항하지 않는 것이 바로 저항하는 것이다.'라는 논리를 펴던 당시의 일부 인사를 희화화한다. 봉건 사회의 계급적 압박과 서양 열강을 비롯한 일본 제국주의의 침략으로 삶이 황폐해진 민중들에게는 유가와 도가 같은 사상은 억지로 참고 견뎌야 할 고통임을 우회적으로 표현한 것이다.

또한 소설에 등장하는 노자처럼 루쉰이 세상에 지쳐 은둔하고 싶다는 의도를 가진 작품이라고 해석하기도 한다.

후기에 쓴 이러한 역사 소설은 젊은 시절에 혈기 왕성하게 '혁명'과 '계몽'을 외치던 루쉰의 다른 작품과는 다소 다른 색깔을 띠고 있다. 세상의 부조리에 맞서 비판을 하면서도 마지막에는 '희망'을 놓지 않던 작품들과는 다르게 굉장히 냉소적이고 회의적이다. 이상주의자이자 계몽주의자였던 루쉰이 몇십 년이 흘러도 변하지 않는 현실에 점차 지친 태도를 보이게 된 것인지도 모른다. 루쉰은 새로운 세상을 끊임없이 갈망하며 '희망'을 이야기했지만, '확신'을 품고 있지는 않았으니까.

중국 북송 시대에 그려진 〈노자기우도〉. 노자는 도가(道家)의 시조로, 주나라의 쇠퇴를 한탄하고 은퇴할 것을 결심한 후 물소를 타고 서방으로 떠났다. 여행 당시 함곡관 관리인이었던 관윤희의 부탁을 받아 《도덕경》을 써서 전달했다고 전해진다.

젊은 예술가 양성에 힘쓴 루쉰

루쉰은 젊은이들에게 중국의 미래가 달려 있다고 생각했다. 그래서인지 젊은 청년들에 대한 루쉰의 애정은 각별했다. 문학계뿐만 아니라 미술계까지도 뜻있는 젊은이들에게 항상 따뜻하게 대해 주었고 전폭적으로 지원해 주었다.

무엇보다 루쉰은 판화 예술이 지닌 대중적 힘을 꿰뚫어 보고 판화 예술의 발전을 위해 노력했다. 특히 청년 화가들을 끊임없이 육성하였으며, 케테 콜비츠의 판화 같은 진보적인 외국 화가들의 작품을 소개하고, 중국 고대 미술 유산을 가려 뽑아 책으로 발행하는 작업을 했다.

콜비츠의 판화를 계기로 중국에서는 목판화가 큰 인기를 끌었다. 이에 힘입어 루쉰은 콜비츠의 작품에 대한 평론을 쓰기도 하고, 자신의 돈을 들여 그녀의 작품들을 모아 중국에서 작품집을 출판하기도 했다. 케테 콜비츠(1867~1945)는 독일의 판화가로 부당한 권력에 투쟁한 예술가였다. 그녀는 가난한 노동자들의 비참한 생활과 무서운 전쟁 체험을 표현주의적인 수법으로 그렸다. 콜비츠는 현실을 바탕으로 한 인간의 진짜 얼굴을 사실적으로 표현하는 재주가 탁월했다.

루쉰은 콜비츠의 작품을 중국에 소개하는 데 그치지 않고 일본인 강사를 초청해 강습회를 열고 자신이 직접 통역과 해설을 하는 등 젊은 예술가를 지원하고 양성하기 위해 갖은 애를 다 썼다.

경제가 열악했던 당시 중국 학생들은 공구가 없어 우산의 뼈대나 펜촉 반대편을 깎아 작업 도구로 활용했다. 이처럼 중국의 판화 예술은 루쉰의 노력과 젊은 예술가들의 열정 덕분에 발전할 수 있었다. 그중에서 이화는 콜비츠의 영향을 받았으면서도 중국 고유의 토양 속에서 예술을 꽃피운 작가로 손꼽힌다.

케테 콜비츠의 〈밭 가는 농부〉(1906), 동판화.   이화의 〈밭 가는 농부〉(1947), 목판화.

죽는 순간까지 양심을 지켰던
중국의 민족혼 루쉰

루쉰은 1881년 9월 25일, 중국 남방의 저장성 샤오싱에서 태어났다. 루쉰이라는 이름은 필명이고, 본명은 저우수런이다. 루쉰의 집안은 당시 샤오싱에서 명문에 속하는 사대부 집안이었다. 할아버지는 베이징에서 한림원 관리로 일했으며, 아버지 역시 과거에 급제한 수재였다. 만여 평가량의 논을 소유하고 있었어서 경제적으로도 아주 풍족했다.

그러나 열세 살 나던 해에 할아버지가 과거 시험 부정 사건에 연루되어 투옥되는 바람에, 루쉰은 샤오싱 근처의 외가로 피신을 해야 했다. 할아버지의 옥바라지와 아버지의 병으로 집안 형편은 날로 기울어 갔다. 어린 루쉰은 날마다 전당포와 약방을 드나들었고, 한때는 도련님으로 받들어 주던 주변 사람들에게 냉대를 받았다.

루쉰이 어린 시절 공부했던 학당 '삼미서옥'.

아버지가 병으로 세상을 떠난 뒤, 루쉰은 고향을 떠나 난징의 정난 수사 학당과 쾅우 철로 학당에서 본격적으로 서양 학문을 접했다. 이 무렵에 토마스 헉슬리의 《진화와 윤리》를 읽으며 정신적으로 크게 영향을 받았다.

쾅우 철로 학당을 졸업한 뒤에는 일본으로 유학을 떠났다. 1904년 센다이 의학 전문 학교에 입학했지만, 중국인을 계몽하기 위해 의사의 꿈

1912년부터 1919년까지 루쉰이 살았던 베이징의 샤오싱 회관 입구.

을 포기하고 문학의 길로 들어섰다.

1909년에 귀국한 루쉰은 고향에서 교사로 일하다가, 1911년에 신해혁명이 일어나자 신정부의 교육부 직원으로 일하면서 고서 연구에 몰두했다. 그러다 1912년에 임시 정부가 베이징으로 옮기자 정치적 탄압을 피해 샤오싱 회관의 작은 방에 숨어 고서를 수집, 기록하고 비문을 정리했다.

1918년 어느 날, 옛 친구 첸셴퉁이 찾아와 루쉰에게 글을 쓰라고 권유하였고, '무쇠로 만든 방' 논쟁을 벌인 끝에 결국 작가가 되기로 결심하였다. 그렇게 해서 나온 것이 중국 최초의 현대 소설 〈광인 일기〉였다.

1923년 8월, 루쉰은 첫 번째 소설집 《외침》을 펴냈다. 《외침》은 1918년부터 1922년까지 쓴 단편을 모은 것으로, 〈광인 일기〉, 〈쿵이지〉, 〈약〉, 〈고향〉, 〈아Q 정전〉 등의 작품이 수록되었다. 《외침》은 출간되자마자 엄청난 환호를 받았고, 베이징 대학 외 여러 대학에서 강사와 교수로 초빙되기도 했다.

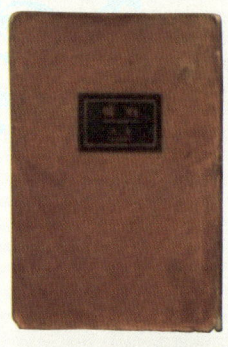

첫 번째 소설집 《외침》과 두 번째 소설집 《방황》의 표지.

루쉰은 1926년에 11편의 단편 소설이 들어가 있는 소설집 《방황》을 출간했다. 첫 번째 소설집의 제목이 전투적인 《외침》인 것에 비해 두 번째 소설집의 제목이 《방황》인 것은 그 당시에 루쉰이 느꼈던 무거운 심정이 반영된 것으로 볼 수 있다.

이 소설집은 "기교는 전보다 좋아지고 사상 면에서도 크게 구애되는 것이 없는 듯했다. 그러나 전투적 사기는 적잖게 식어 버렸다."는 평가를 받았다. 그러나 루쉰의 사상과 감정이 그렇게 소침해진 것만은 아니었다. 내면의 갈등과 방황이 있기는 했지만, 한편으로는 그것을 회피하지 않고 그것들과 끊임없이 싸우고 있었다.

1925년에 루쉰은 강의를 나갔던 베이징 여자 사범 대학 교장의 봉건적인 조치에 반대하는 학생들의 투쟁을 지지했다. 학생들이 승리하면서 중국 사회에 변화의 물결이 이는 듯했다.

하지만 1936년부터 정치적 탄압이 심해지면서 루쉰을 포함한 진보적 인사 50여 명에게 체포령이 내려졌다. 이 무렵이 루쉰의 일생 중에서 가장 견디기 힘든 시기였는데, 이 어둡고 비극적이며 복잡한 마음은 산문 시집 《들풀》에 잘 나타나 있다. 루쉰은 위험을 피하기 위해 베이징을 떠나 샤먼으로, 다시 광저우로, 또다시 상하이로 옮겼다.

상하이에 정착한 루쉰은 제자인 쉬광핑과 함께 살기 시작했고, 이후 그녀는 루쉰의 영원한 반려자가 되었다. 이때부터 루쉰은 창작보다는 강연과 논쟁에 몰두했다. 언제나 노동자와 농민,

루쉰의 영원한 동반자, 쉬광핑

쉬광핑은 1898년에 광저우 근처의 유복한 가정에서 태어났다. 그녀의 표현에 따르면 '봉건적인 사회에서 반쯤 개화된 가정'이었다고 한다. 덕분에 쉬광핑은 전족을 하루 만에 풀어 버리고, 아버지가 술김에 정한 약혼자와 파혼을 했다. 그 일로 고향에서 그녀의 혼삿길이 막히고 말았다.

톈진의 여자 사범 학교에 입학한 쉬광핑은 여성 운동과 애국 운동에 적극적으로 참여하였다. 학교를 졸업한 뒤에는 교사로 취직하지 않고 베이징 여자 사범 대학에 진학했다. 구식 교육을 강조하며 반민주적인 교장을 배척하는 학생 운동을 주도하던 쉬광핑은 강사였던 루쉰의 조언을 구하면서 가까워져 연인 사이가 되었다.

루쉰과 쉬광핑은 상하이에서 함께 살기 시작했고, 이때부터 쉬광핑은 루쉰을 내조하며 살아갔다. 루쉰에게는 어머니를 모시고 있는 본처 주안이 있었기 때문에 남들로부터 도덕적 비난을 받을 수밖에 없었다.

평생 타협하지 않는 혁명가였던 루쉰에겐 논적이 많았고, 국민당 정부의 끊임없는 감시로 일상이 늘 살얼음판이었다. 쉬광핑은 병약한 아들을 돌보고 새벽까지 글을 쓰는 루쉰의 뒷바라지를 하며 아내이자 비서로 살았다.

루쉰과 쉬광핑, 그리고 아들 저우하이잉.

루쉰이 생애 마지막 10년 동안 많은 작업을 안정적으로 할 수 있었던 것은 학생 시절에 날카로운 시사 평론을 발표하고 시위에 나섰던 그녀, 쉬광핑이 자신을 희생하고 루쉰을 묵묵히 뒷바라지했기 때문이다. 루쉰은 쉬광핑에게 "10년 동안 손잡고 어려움을 함께한 사이"라며 진심으로 고마워했다.

1936년에 루쉰이 죽은 후, 쉬광핑은 그의 작품을 모아 전집으로 출간했고, 집필 활동도 다시 시작했다. 각종 여성 단체의 책임자로 일하면서 여성 해방과 여권 신장을 주장하는 글을 썼으며, 1950년대에는 중앙 정부와 여성계에서 최고위급 인사로 활동했다. 1967년에 심장병으로 세상을 떠났다.

1956년에 루쉰의 묘를 이장할 당시의 쉬광핑(왼쪽)과 쑹칭링(오른쪽, 쑨원의 부인).

죽음 앞에서도 전사의 모습을 잃지 않은 루쉰

유언에 해당하는 〈죽음〉이라는 글에도 타협을 모르는 루쉰의 태도가 잘 나타나 있다.

1. 장례에 누구에게서든지 절대로 돈을 받지 말 것.
    - 그러나 오랜 벗들은 예외이다.
2. 속히 입관하여 매장할 것.
3. 그 어떤 기념 행사도 치르지 말 것.
4. 나를 잊고 자신들의 삶을 돌볼 것.
    - 그렇게 하지 않는다면 정말 얼빠진 사람이다.
5. 아이가 커서 재능이 없으면 절대로 실속 없는 문학가나 미술가가 되게 하지 말고, 다른 순수한 일을 하면서 살아가게 할 것.
6. 다른 사람이 당신에게 뭔가 주겠다고 하는 말을 곧이듣지 말 것.
7. 남에게 피해를 끼치고도 오히려 보복을 반대하고 관용을 주장하는 자들과는 절대 가까이하지 말 것.

물론 이 외에도 할 말이 있었지만 이미 잊어버렸다. 다만 유럽인들은 죽을 때 흔히 그러하듯, 남이 나를 너그럽게 용서해 줄 것을 바라며 자신도 남을 너그럽게 용서하는 의식을 지낸다는 사실만 기억날 뿐이다.
나의 적과 원수는 적지 않다. 만약 사람들이 그들에 대해 나에게 묻는다면 어떻게 대답해야 하는가?
나는 생각해 보고 나서 이렇게 결심했다.
그들에게 얼마든지 증오하게 하라. 나도 용서하지 않을 것이다.

루쉰 공원에 있는 루쉰의 묘. 벽에 새겨진 글은 마오쩌둥의 친필이다.

여성, 아이들 같은 약자 편에 섰다.

좌익 작가 연맹과 혁명적 대중 단체인 중국 자유 운동 대동맹에 참가하면서 국민당 정부로부터 심각하게 탄압을 받았다. 하지만 이에 굴하지 않고 민중의 권리를 보호하고 체포된 혁명가를 구명하기 위한 대중 단체인 중국 민권 보장 동맹에 참가하며 활동을 넓혀 갔다.

1933년부터 루쉰은 건강 상태가 점차 악화되어, 결국 1936년에 지병인 폐병으로 세상을 떠났다.

루쉰이 직접 쓴 '민족혼'이라는 글씨. 루쉰의 유해는 '민족혼'이란 글씨가 적힌 천에 덮인 채로 묘지에 묻혔다.

현대 중국 문학의 거장으로 꼽히는 루쉰이지만, 정작 그가 남긴 소설집은 단 세 권뿐이다. 하지만 그의 문학 작품이 당대에 끼친 영향력만큼은 그 누구도 부인할 수 없을 것이다.

루쉰은 근대 중국 격동기를 정면으로 마주한 채 투쟁하였으며, 비록 때와 장소는 다르지만 지금 대한민국에 사는 우리에게도 삶을 깊이 돌이켜보게 하는 본보기가 되고 있다.

푸른숲
징검다리
클래식
037

아Q 정전

첫판 1쇄 펴낸날 2013년 12월 24일
11쇄 펴낸날 2025년 12월 30일

지은이 루쉰 **옮긴이** 김택규
발행인 조한나
편집 박고은 정예림 강민영
디자인 한승연 김혜은
마케팅 문창운 김인진 김은희
회계 양여진 김주연

펴낸곳 (주)도서출판 푸른숲
출판등록 2003년 12월 17일 제2003-000032호
주소 서울특별시 마포구 토정로 35-1 2층, 우편번호 04083
전화 02) 6392-7871~7874 **팩스** 02) 6392-7875
이메일 psoopjr@prunsoop.co.kr **인스타그램** @psoopjr
홈페이지 www.prunsoop.co.kr

ⓒ 푸른숲주니어, 2013
ISBN 978-89-7184-998-9 44820
      978-89-7184-464-9 (세트)

* 잘못된 책은 구입하신 서점에서 바꾸어 드립니다.
* 이 책 내용의 전부 또는 일부를 재사용하려면 저작권자와 푸른숲주니어의 동의를 받아야 합니다.